薩哈公寓

사하맨션

趙南柱（조남주）

張雅眉——譯

《薩哈公寓》媒體評論

在這個依據市場機制運作的國家中，人類被分為三個種類：主流商品、消耗品、廢棄物。作者在《薩哈公寓》一書中試想絕大多數人淪為消耗品或廢棄物時，他們的居住、勞動教育、健保等權益慘遭剝奪，還被排除在醫療系統之外，忍受地獄般的痛苦，因而形成一個難民的共同體。不對，不能說他們僅是在忍受。因為他們大膽地對抗繁殖差別及排擠的體系，並絕對熱情地款待受傷的訪客。他們是反抗和互相關照的共同體。這本書同時指出了新自由主義反烏托邦思想的現在和未來，以及人生的真相和理想。似乎是想過得更平等且「直到最後都想一起生活」的那心情，驅使作者寫出這本小說。從《82年生的金智英》到《薩哈公寓》，趙南柱理直氣壯地證明了女權主義為何是懇切的共同思想。——申晨星（文學評論家）

《薩哈公寓》是一部殘酷又美麗的科幻小說。趙南柱作家想像出來的奇妙城市國家，警告人們一切都有可能在瞬間變糟。小說的背景貌似不同於韓國，與技術和倫理的相交軸心已然歪斜的二十世紀不同，卻又很相似。即使人們已經殘酷地習得教訓，明瞭共同體總是不會平順地邁向下一個階段，但人們是否經常忘記，或是無力地變得安逸？本書用橫跨三十年的故事來探討這點。要痛苦地醒著才不至於退步，當我對這個事實感到疲憊時，就會想想趙南柱，那麼就又能繼續前進。——鄭世朗（小說家）

（在反烏托邦的世界觀及探討階級問題的這方面）這本小說讓我想到《使女的故事》和《末日列車》等作品。然而《薩哈公寓》很特別的是，它將「變成屍體的女人」和「存活下來的女人」連接在一起，使我們回頭觀看現在這地方，我們社會的弱勢和少數人所面臨的差別待遇和仇視。這本書始於一個懸疑的死亡案件，不過比起令人緊張的快感，作者更是以陰沉的凝聚力量來推動故事的進展，最後當書中人物宣告「我們不會回到原本的位置」時，我也不自覺地期待這部作品的後續。這本小說就像是一個彩蛋，在預告我們將會誕生一個改變未來的女戰士，豈不是很令人悸動嗎？——金賢（詩人）

這本書說的是我們所有人的故事。不管再怎麼努力，我們還是無法成為主流，不僅如此，就連自己是否正受到社會的保護也不太清楚。……雖然小說中的人物活在像這樣的階級社會中，只能順應趨勢，連理當享有的權利都無法享有，看起來好像過得很愚蠢。但事實上，他們正一點一點地在前進。——yoonwha357（讀者）

這本書讀起來很鬱悶，讓人咬牙切齒。但很神奇的是，薩哈公寓卻絲毫不陌生，彷彿會在現實的某處撞見，猶如記憶中令人感到熟悉的場所。……對於不想苟活，而是想活得很好的人們來說，薩哈就是終點站。那裡使人恐懼，彷彿在預告自己這個消耗品後來終究會淪為沒有價值的廢棄物，而城鎮說不定正對此虎視眈眈。埋在心裡的恐懼使人順從、害怕變化、不敢發聲。因為他們不知道自己會在何時何地消失不見。——自由人（讀者）

目錄

姐弟

道暻不時失去意識又驚醒。秀的手小心翼翼地抽走時，他醒了過來；聽到小動物輕盈的腳步聲時，他也醒了過來。他才剛醒來，濃濃睡意又立刻襲來，短暫的夢境彷彿快速流逝的細沙般持續不斷。道暻不曉得他是在做夢，還是已經從夢裡醒來，又或者是已經死了。他一會努力地想放鬆，一會又努力地想振作精神。

夜深了。當夜晚越來越深，天已經快亮時，突然有東西沿著道暻的食道湧上來，苦水瞬間充滿他的口腔，甚至灌到鼻子裡，滴滴答答地從鼻孔流出來。他一手摀住嘴巴，另一手四處摸索後，找到門把，把車門打開，將含在雙頰、快要滿溢的液體吐了出來。苦澀至極的嘔吐物不斷湧上來，即使已經吐到滿地都是，他還是覺得反胃。道暻捶打自己的胸膛，好不容易止住嘔吐，這回卻彷彿有一股火從心門燒上喉頭。

道暻的嘴巴、鼻子、眼睛都流出黏稠且帶有異味的分泌物，他以手包覆喉嚨，轉頭看向秀。秀一動也不動，姿勢端正地躺在座位上。她的皮膚白到透出藍色血絲，雙手靜靜地交握，臉上帶著尷尬的微笑，猶如一尊蠟像。道暻小心翼翼地將手放到秀的胸部上，沒有感受到她的心跳。接著他又將手指伸到秀的鼻子下，卻依然沒有探到氣息。

汽車的大燈從遠處打過來，投射出低矮細長的光束。晃動的白光一會兒變成黃光，一會兒又再變回白光。模糊地往外擴散的光束，投射出龐大的樹影。那影子像是瘦長的手指，又如同寂寞的動物頭上那衰老的角，它彷彿擁有靈魂般，正逐漸變小、變深。道暻原本正失神地看著輪廓變清晰的影子，後來才突然驚覺：那影子越來越清晰，光芒越來越靠近，這代表有人正在接近。

在公園內人煙稀少的簡易停車場，有一輛斜停著的高級轎車，車內還有一名生死不明的女子。這狀況任誰來看都很可疑。道暻的腦中如同著火的薄紙那般，瞬間產生要趕快逃跑的想法，身體卻無法從車子裡出來。道暻朝著秀伸出手，卻又縮了回去，既無法帶走她，又不想將她留下。道暻按下車門鎖，並從車上下來，他關上門後拉了拉把手，確認車門已經鎖上。秀變成與自己完全不同的存在。她彷彿玻璃管中的人偶、彷彿一個幻象，姿勢端正地躺在那裡。如今道暻再也無法靠近她。

往上沒有車道，只有陡峭的上坡，往下也只有陡峭的下坡，兩邊的路都沒整理過。上坡路到處都有或大或小的石頭和樹枝，外露的樹根也肆意竄出地面。下坡路則是條泥巴路，在沒下雨的日子也軟爛凹陷，滑溜溜的不易行走。道暻選擇走下坡路，腳程很快就快了起來。

故障的路燈發出啪滋的燒焦聲，一閃一閃地發亮。道暻發瘋似的拖著雙腳逃跑，直到一輛轎車長按喇叭，「叭——」一聲疾馳而過，他才發現自己正站在四線車道的中央。他用力轉過頭，確認視野盡頭的所在地後，快速穿越馬路。道暻一踏上人行道便雙腳發軟，無力地跪坐在地。

他右腳膝蓋被粗糙的人行道地磚劃破，薄薄的棉褲上破了個洞。象牙色的褲子染上了鮮紅的血。道暻雙手抱住膝蓋，額頭靠在手背上伏臥在地。他在地上趴了一會後，抬起頭並鬆開雙手，褲子裂縫處的棉線在他抱緊膝蓋時，跟傷口黏在一起。他試著用指尖小心地將線撥開，乾掉的血塊跟著棉線一起脫落，鮮紅色的血滴則再次凝結成塊。就算他咬緊了牙根，還是忍不住發出呻吟。

道暻那時才想起秀，想起她用炙熱又乾燥的嘴唇觸碰自己的後頸。他用手掌輕撫起雞皮疙瘩的後頸，朝馬路對面公園的方向看去。秀還在那裡吧？往上的路既狹窄又陡峭，路面也不平，就算辛辛苦苦爬上去，也沒什麼人潮、沒什麼值得看的，更沒什麼能做的。不過他們反而覺得那樣很好，所以經常去那裡的公園。道暻將秀丟在那個地方，自己逃跑了。

⋯⋯⋯●⋯⋯⋯

她被叫去打掃超市。她本來還在想為什麼要在客人最多的時候打掃，後來才知道那家超市已經停業了。聽說是因為沒解決續約的問題，才突然關門的。那家超市本來就沒在打掃，關掉冰箱電源時，甚至連裡面冰的東西都沒處理掉。蔬菜和水果全都腐爛，牛奶已經整個臭掉，從包裝溢出來，濺得到處都是。肉品的腐臭味用任何文字都不足以形容。地上四處都是黴菌、各種蟲子和汙水。新來幫忙的一名職員，一走進超市就吐了出來。

工作很晚才結束。珍京和組長一起留下來收拾場地，組長多遞給珍京一個信封，說是加班費，然後將整理倉庫時另外收起來的寶特瓶飲料，裝滿整個大塑膠袋。組長說那是乾淨的，保存期限還很長，而且瓶蓋都有鎖緊，還說他自己也會帶一些走，說著說著硬是將塑膠袋塞到珍京手中。

「我在你這個年紀時做不來這種事。不過這沒什麼好丟臉的，可以賺錢啊！要多賺點錢，要拚命地賺錢。如果能因此成為Ｌ２就算是很不錯了，不是嗎？你先把這個拿去喝吧！」

在城鎮有L和Ｌ２兩種人。L是居住權，也代稱擁有居住權的人，或者叫居民。他們擁有一定水準以上的經濟能力，以及城鎮所需的專業知識或技術。另外，被認可為居民的未成年人，可能是居民的子女，或是有居民作為他們的法定監護人，替他們背書。

其他人雖然無法取得居民資格，但若沒有前科，而且通過了簡單的資格審查和健康檢查，就能取得Ｌ２居留權。他們被稱為Ｌ２，和居留權同名。他們可以在城鎮居住兩年，但也僅限於此。雖然在那兩年中不用擔心會被趕走，做什麼事都沒關係，但是會雇用Ｌ２的大多都是施工現場、物流倉庫、清潔公司等等，工作辛苦，薪水很低的地方。兩年滯留期間結束後，如果還想繼續留在城鎮，就必須重新接受審查，延長居留權才行。

有些Ｌ２沒有成為居民的資格，卻又無法離開故鄉，所以只得每兩年接受一次羞辱人的審查和健康檢查，持續延長Ｌ２的居留權。這些人沒有考慮到撫養的責任，和城鎮裡原來的居民一起生下小孩，那些小孩便占了Ｌ２大部分的人口。珍京連Ｌ２都不是，她被叫作「薩哈」。那群人不是L，也不是L2，他們什麼都不是，而且連一個合適的名字都沒有。本來以為是因為他們住在薩哈公寓，才被叫作「薩哈」，後來發現有些沒住在那裡的人，也被稱作「薩哈」。這彷彿是在跟他們說「你們只能這樣了」。

「又沒有人會喝……」

珍京想起了一些人，他們早就不在這兒，所以也不能說他們是消失了。她已經兩天沒看見道暻。

珍京走進公寓入口，她的視野範圍從A棟七樓開始，逐漸縮小到道暻的家、玄關、廚房的窗戶。每一扇窗戶都黑漆漆的，像是故意那樣留著離開的。一整天的疲勞、雙腳的疼痛、兩手的重量同時席捲而來。塑膠袋撐不住飲料的重量，袋子的提手被拉得又細又長，捲在手上，緊勒住指頭的肉。

那時，右手提著的塑膠袋突然啪的一聲破了，寶特瓶全都嘩啦啦地掉了出來，往前院的方向滾去。珍京急忙彎下腰想撿寶特瓶，這時卻換左手的塑膠袋掉在地上，袋子內的果汁瓶全都從塑膠袋裡掉出來，在前院滾來滾去。當她企圖抓住滾動的寶特瓶時，又再次弄掉已經撿起來的瓶子。珍京停下雙手的動作，茫然地站在原地，呆呆看著飛快滾遠的寶特瓶。在地板滾動的殘破塑膠袋，隨著晚風輕輕飛了起來。

管理室的門發出嘎嘎聲響，緩緩打開了。

「你因為這點事就喪氣嗎？」

老頭撿起沒破的塑膠袋，慢吞吞的將寶特瓶一個一個撿起來裝進去。塑膠袋全都裝滿後，他將剩下的飲料塞滿身上所有的口袋，在兩側腋下各夾一個，雙手也各拿一個。然後轉身往管理室的方向走，並對珍京說：

「還有一個滾到公用供水處了。」

珍京撿起孤零零的躺在供水處水桶旁的寶特瓶，跟在老頭身後走過去。老頭把果汁放入管理室的冰箱。冰箱裡塞了好幾盒小菜，好幾瓶礦泉水、燒酒，幾乎沒什麼空位。老頭將小菜的盒子移來移去，騰出空間後，不斷將寶特瓶飲料往裡面塞，卻還是有一兩罐飲料放不進去。他打開冷凍庫，往裡面看了好一陣子後，索性把門關上，轉頭問珍京：

「你要嗎？」

雖然珍京搖頭，老頭卻愛理不理的逕自轉開瓶蓋。桌上的小型電視接連播放好幾個廣告：公寓廣告、廚房清潔劑廣告、營養食品廣告和電影預告，最後才開始播放深夜新聞。珍京靠坐在桌旁，喝下一口果汁。溫溫的果汁帶點酸味，不曉得那是本來的味道還是壞掉了。老頭前後搖晃著椅子，咕嚕咕嚕地大口喝下果汁，然後彷彿在喝酒一般，發出「哈」的讚嘆聲。

老頭不會喝公用供水處的水。他總是塞了好幾瓶礦泉水在冰箱門，就連做飯時，用的也是昂貴的礦泉水。珍京一到夏天便會對著水龍頭喝水，那時老頭總會無奈地在一旁看著。某天，老頭關上水龍頭，對珍京說了一番難以理解的話：

「你知道公寓的人為什麼那麼容易死嗎？你知道大家為什麼會生出那麼多生病的小孩嗎？你以為那只是因為沒辦法去醫院嗎？」

電視裡，一名嘴角微微上揚、帶著笑容的女主播，正在播報某起案件的新聞。

「在停放於公園入口的轎車內，發現一具女屍，警方已著手進行調查。昨晚十點，薩哈公寓附近青沙路三段鄰近的公園裡，有市民在散步時發現屍體並向警方報案。死亡女性是三十出頭的小兒科醫師S某，她在兩天前外出後就沒再返家，家人已報案失蹤。根據初步報告顯示，S某為轎車車主，且屍體有性侵害的痕跡，警方推定S某可能在性侵後慘遭殺害，目前仍在持續調查中。」

珍京丟下手裡的果汁瓶，果汁立刻倒滿整個桌面。秀，秀死了。秀死了，而且從幾天前就不見道暻的蹤影。雖然珍京覺得應該要去找道暻，但道暻沒有手機也沒有朋友，除了畫畫以外，他最近也沒做什麼特別的事。她實在不知道要從哪找起，也不知道該如何尋找，只感到一片茫然。她打算先去公園看看，於是站了起來，老頭卻問：

「你要去哪？」

珍京頓了一下之後，又再次往門邊走去，這時老頭急忙大喊：

「站住！」

她第一次聽到老頭發出那麼大的聲音。在薩哈公寓裡，老頭總是一副漠不關心又無所謂的樣子。他住在薩哈公寓，管理薩哈公寓，還跟公寓的住戶收錢，卻瞧不起他們。他彷彿在說「我和你們不同，你們跟我毫不相干，我對你們毫無興趣」。平常總是那副模樣的老頭，現在卻大步走向珍京，緊抓住她的手臂。

「不准去。」

珍京盯著老頭的眼睛看。棕色的眼珠猶如褪色一般，看起來比先前還明亮。周圍那麼暗，他的瞳孔卻沒有完全放大。珍京被那雙看似帶有皺紋或一圈圈年輪的老人瞳孔盯著看，雖然心中產生諸多疑問，但她卻沒有問出口。老頭彷彿看穿珍京的內心似的，先開口說：

「雖然我不知道發生了什麼事，但珍京啊，草率的行動對誰都沒幫助。」

一股力量從他抓住手臂的手上傳來。聽說老頭在十多年前也曾越過國境。想必在他住進公寓之前，也過得和珍京一樣辛苦。他有家人嗎？他那雙帶有歲月痕跡的瞳孔，正看著年輕人看不見的某些東西。

老頭鬆開緊抓著珍京手臂的那隻大手，說：

「謝謝你的果汁。」

薩哈公寓

這裡原本是世代以養殖為業的漁村，不曉得是從哪一年開始，赤潮現象逐漸惡化，養殖場一個個倒閉。這裡既沒有能賺錢的觀光景點，也沒有能進行大規模交易的港口，人們因為生計困難而逐漸離開故鄉。後來有個企業和地方自治團體合作，開始在這裡增建辦公大樓和工廠。公寓住宅區隨之成形，年輕人也搬了進來。小孩子在社區的遊樂場跑跑跳跳，幼稚園的黃色娃娃車則緩慢繞行於又窄又彎的道路上。該企業在ＩＴ和生命工學領域積極擴張事業，並於短期內獲得成果。這城市因而得到全世界的矚目。大家都以該企業的名稱來代稱這城市。

然而，企業的成長並沒有帶動地區的發展。只有該集團的建設公司存活下來，繼續蓋建物；只有集團的零售業者存活下來，繼續做生意；只有集團的金融公司存活下來，繼續在裡面週轉資金。當初地方自治團體急著訂下各種優惠稅制和援助條款，後來反倒成了毒藥，最終只好宣告破產。經歷漫長的法庭攻防戰後，這城市終究賣給了企業，也就是被收購了。於是，一個不知是大企業還是國家的怪異城市國，就此誕生。

一個城市的生命結束後，又開始了一段新的歷史，但似乎沒什麼太大的變化。在獨立之前，這城市已經跟企業如出一轍。身為集團員工的大多數居民，都像往常那樣在同個職場上班，在同個學校唸書，維持同樣的生活。然而，員工以外的其他人，卻被一股詭異的不安籠罩，匆匆移居原生國家其他地區的人也不在少數。雖然大夥對那些尚未發生、但肯定會發生的事，進行或大或小的示威抗議，要求上頭保護他們的安全，卻只得到「為時尚早」的回應。

年近八十的企業董事長，對全國國民發表了談話。他說自己只是企業家，除了賺錢以外什麼都不懂，收購城市的目的，是為了打造不受限制的工作環境。雖然他確實為了使公司和城市成長，而奉獻了所有青春，但並不想將這城市當作自己的王國。

「這城鎮是屬於各位的。」

因為這番談話的內容，這小小的城市國得到了「城鎮」這個別稱。

在城市被收購的前夕，企業以擴充資金為名，發行了大量的股票。人們對即將成為國家的該企業之價值和其未來成長，給予高度評價，組成了專門投資的公司，購入股票並聚集投資人。投資人大多是城鎮原來的居民。這地方變成國家後，該企業被編入名為生活產業部的政府部門。企業就此消失，他們所發行的股票也成了廢紙。機場、鐵道、道路、公共住宅等物產，開始廉價出售給海外的投資人。海外的投資人都是董事長的親屬，或者企業的幹部。

城鎮引進了共同總理制。教育、法律、勞動、企業、國防、文化和環境的專家，在各領域推薦幾名人選後，受推薦的人會和先前選拔出來的總理進行非公開的協商，然後在每個領域都立一名總理，組成七人制的總理團。推選總理的過程需要徹底保密，聽說就連董事長也無法得知誰是總理。董事長只任命了一名總理團的代言人。

總理享有最高等級的年薪、接近終身保障的僱用保證，以及絕對的權力。然而，不能公開的頭銜讓他們感到空虛，用假的職稱在假的職場工作也使他們不安。除此之外，若有洩密或賄賂的行為，便會處以死刑。某個被提名為初代總理的人，在私人的聚會中提到自己的身分和總理團的組成，結果遭公開處死。許多人認為這是為了殺雞儆猴。

總理們為了消除其來有自的不安和混亂，不經任何程序，以「特別法」的名義制定了臨時法案。電視和電臺頻道單一化，新聞媒體也遭合併，還廢除特定的大學科系，瞬間使諸多教授、研究員和學生失業。有些商店和公司因為位置、業種、公司代表的履歷等問題突然關門，卻沒辦法抗議。

假日有三名以上的成人集會時，必須事先取得許可。宗教團體也是一樣。有些字不能說、不能寫，也不能印刷出來。無論前後脈絡為何，一旦使用就會受罰。有些人不能見、有些歌不能唱、有些書不能讀、有些路不能走。這很奇怪，但事情發生得太自然，有常識的人反而懷疑起自己的常識。

城市剛被收購時，董事長說會將原來的居民全都當作新城市國的居民，但他卻沒遵守約定，因為總理團為了預防非法偷渡，決議要審核居民資格。一如往常安靜度日的居民也遭驅逐出境，甚至連他們不多的財產也被扣押充公。這一切過程非但沒受到特別法的制裁，反而還以原來的居民為對象擴大執法範圍，城鎮的犯罪人數劇增，連拘留所也不足以容納。總理團縮減審判程序，並以簡易判決處刑，對居民下達集體驅逐令。雖然他們聲稱這是為了儘快穩定城鎮秩序而採取的措施，但在那之後城鎮並沒有穩定下來。

總理團持續用同樣的方式經營城市國。若有總理因疾病、事故、死亡等因素卸任，就會再次使用一開始的方法任命新總理，維持七人制的總理團制度。然而，一切與總理相關的資訊一律不對外公開。由董事長認命的總理團代言人，是唯一一位對外公開的公職人員，他在任命當時還相當年輕，所以直到現在都還在任。

居民住宅在居民撤離後很快都被拆除，但奇怪的是，唯獨薩哈公寓的拆除工程不斷延期。因此，一些當不了居民，卻又不想離開的人，開始躲進薩哈公寓。拆除日期持續推延，拆除日程的公告也一再更換，重新張貼。不知從何時起，公寓住戶開始撕下公告。公告一貼上去他們就撕掉，政府重新張貼後，他們又撕掉，最後甚至還把「禁止撕下」的警告標示一併撕掉。看不見的爭執就這樣來回了幾次。後來難以置信的是，政府再也沒有張貼任何拆除公告。

雖然引入住戶的水管和瓦斯已被截斷，但只要轉開前院公用供水處的水龍頭，水就會嘩啦嘩啦地流淌而出，汙水則會從下水道排出。另外，屋頂設有太陽能發電裝置，所以公寓內仍有供電。雖然不時會停電，卻沒有任何人抱怨。警察和公務員從來不曾來訪公寓。公寓的住戶能在鄰近的工地、倉庫等骯髒且危險的地方工作，還算能維持生計。他們本來只打算暫時藏身在公寓，後來卻漸漸開始將小型家具和電器產品搬入家中。他們翻修料理臺設備後接上桶裝瓦斯，在門內裝上防盜鎖，門外則換上新鎖。晚上亮燈的住戶也逐漸增加。

薩哈公寓的住戶就像一般公寓的居民那樣，會和遇到的鄰居打招呼，會摸摸陌生小孩的頭，問他住在哪一棟、家裡有沒有電、會不會有瓦斯味。公寓中也流傳著各種傳聞，例如：某幾號房採光比較好、某一層樓空房太多有點陰森、某個家庭搬了三次家等等。後來因著某人的提議，公寓的住戶開始舉辦正式的住戶聚會，管理委員會也在這過程中自然而然形成，而且還選拔出主任委員。公寓的管理費依照不同年齡層收取，該筆經費用來雇用管理員，支付設施的修繕費用。居民們就這樣過了四十年。

在這個城市國家，若不具備資本、技術或專業知識，便不夠資格成為國民。這國家在半導體、行動裝置、顯示器等領域中，擁有最多核心的技術，而且在疫苗、藥品、醫療機器等方面還持有最多的專利，同時也具備世界最大規模的生命工學研究所，以及最高水準的研究團隊。另外，這國家還是唯一一個採納七人制共同總理制度的國家。國會只是木偶，實權都掌握在總理手中。不過那七名總理完全被面紗遮住，一律不從事對外活動。這國家沒有加入任何國際機構或區域聯合會。這裡被稱為「城鎮」，是世界上最小、最奇怪的城市國家。外部人士難以進入，住在裡面的人則全然沒有想搬出去的念頭，在如此神祕又封閉的國家中，薩哈公寓就像是唯一的通道或是緊急出口。

有一雙橡膠手套閒置在A棟一樓的鐵欄杆上，那是花子奶奶的。奶奶經常會將橡膠手套、頭巾、抹布等一類的東西掛在欄杆上。管理室的老頭和其他一樓住戶，偶爾也會將溼掉的外套、鞋子或雨傘暫時掛在欄杆上。

公寓A棟的走道彎成「L」狀，兩側走道各有七戶，總共有十四戶，而B棟則有七戶並排呈一字型。AB兩棟相互連接，呈「ㄈ」字型。兩棟之間的空地非常寬敞且舒適。住戶稱那裡是前院。在前院有小型的遊樂場、公用供水處、花子奶奶栽種的菜園。遊樂器材嚴重生鏽，像是被蟲咬了好幾個洞，從來沒有小孩在上面玩耍。公寓裡沒有人會開車，也沒人擁有汽車，所以停車場總是空蕩蕩的。在前院真正有好好活用的空間只有菜園而已。

外壁的油漆脫落，壁面上又大又深的裂痕直接外顯。鐵製的欄杆鏽得越來越嚴重，連立著鐵柱的走道也滲出鏽水。大樓側面緊急逃生梯的水泥已經裂開，完全沒有可踩踏的空間，而且階梯那側的出入口全都被封閉了。這棟老舊大樓默默的、一點一點的崩壞，它彷彿呼吸那般吐出灰塵。薩哈公寓的人在裡面吃喝、睡覺、老去。

石碑上有條又長又斜的裂痕，彷彿將石碑從對角線劃了一刀。漆成綠色的「薩哈公寓」被拆成「薩哈」和「公寓」兩組字刻在上面。薩哈公寓，薩哈、公寓。在「薩哈」的後面，堆滿了黑色的大垃圾袋，猶如癱倒在地的野獸屍體，地上還流淌著黃濁的汙水。地方政府沒有收走薩哈公寓的垃圾，所以只好付費委託垃圾代收業者來處理。不過那些業者卻久久才來收一次，藉此表示對給付金額的不滿。呼籲住戶減少垃圾量的公告總是貼在管理室旁邊的布告欄上。請鎖緊門窗、請多加注意家庭衛生、盡量減少訪客……對薩哈公寓的住戶來說，沒有閒情逸致、也沒有理由要去遵守這些理所當然的規定。

那是某個春白菜長得特別快的春天。花子奶奶手上拿著一把小花鏟，後腰褲頭上也插了一把，成天都蹲在菜園裡工作。一球球黃色花苞綻放後，看起來就像小蒼蘭屬。珍京摘下幾朵花，做成花束。奶奶只是在一旁靜靜的看著珍京。不管人們從菜園裡拔走什麼草、折斷什麼花、摘走什麼果實，奶奶從未說些什麼。

咚咚咚咚咚——珍京不用回頭看也知道友美正往這邊走來。像友美那樣壯碩又輕盈的身體才能發出那種腳步聲。友美是珍京這輩子看過身高最高、頭最大、肩膀最寬、手指最粗且膝蓋最突出的人。雖然她身體壯碩到讓人感到害怕，卻總是像在飛一般動作敏捷。

友美一屁股坐在正在弄花束的珍京旁邊。珍京說春白菜已經吃膩了，不過春白菜開花時，可以把花炸來吃，味道非常棒，但花裡面可能會有蜜蜂，所以要小心才行，她如此說著毫無頭緒的話。那時不曉得從哪裡飄來黃色紙片般的東西，停在珍京拿著的春白菜花上。珍京突然停下來，低聲喊道：

「蝴蝶！」

牠身上的黃色比花朵還鮮明。在展開的翅膀上，有像瞳孔那樣圓圓的，旋渦狀的黑色紋路。頭上的觸角張開呈寬扁貌，越接近尾端，觸角的形狀越尖銳，看起來彷彿在頭上插了兩根小鳥的羽毛。

「好漂亮。不過聽說漂亮的蝴蝶都有毒。」

珍京才剛說完，友美就搖了搖頭說：「這是蛾。」

友美的視線停留在仍然張著翅膀的蝴蝶，或是蛾身上，然後又補了一句：

「蝴蝶停下來時翅膀會收起來，在停下來時還張著翅膀的是蛾。而且蝴蝶的觸角是直直延伸出去，尾端圓圓的，蛾的觸角則像葉子那樣寬寬的，表面有很多細毛。嗯，不過，牠可能也有毒。」

黃色蝴蝶，或是黃色的蛾，再次像黃色紙片那般飄走。在薩哈公寓出生長大的友美，雖然沒受過體制內的教育，腦中卻裝滿了各種不同領域的知識。她愛書成癡，在歷史和哲學方面的知識特別淵博，有名的小說或詩句更是句句熟背。雖然珍京覺得友美說得對，卻又不想錯過這個話題，於是又補了一句：

「以蛾來說牠太漂亮了。」

友美勾起一側嘴角笑了笑。

「你用漂不漂亮來區分種類？真有趣。」

友美不待珍京回答，就起身走向供水處。

在小小的供水處立著一根圓柱，表面的水泥漆粗糙不勻，有八個水龍頭繞一圈裝在柱子上。這供水處是薩哈公寓裡唯一的自來水管道。公寓所有的住戶都來這裡裝水喝，拿去洗澡、洗衣。大家都養成習慣，在進出時先把水裝好，所以沒有人覺得不方便，也沒人抱怨說太麻煩。總是有大水桶和小型手推車堆在供水處旁邊，所有人使用後都會弄乾淨歸回原位。

水都滿出來了，友美卻渾然不知。她猶如嚐到酸味時那般，左眼幾乎緊閉，正皺著眉頭看向天空。等流到地上的水比水桶裡裝的還多時，友美才嚇了一跳，關上水龍頭。老舊生鏽的水龍頭彷彿在抗議似的嘎嘎作響。友美經常一不注意就把鎖太緊的水龍頭給轉壞。老頭來換新的水龍頭時，從沒感到不耐煩，反而總是笑呵呵的對友美說：

「不要隨便使力，要像對待女人那樣，溫柔的轉才對。」

「我要不要也溫柔的轉一轉老頭的脖子？那種廢話一點都不好笑。」

友美總是在無意中把水龍頭弄碎、折斷、搞壞。即使如此，友美也不曾感到慌張或抱歉，而老頭就算每次都在友美面前碰一鼻子灰，也依然笑嘻嘻的。老頭笑的時候，嘴巴的兩側總會各露出一條整齊又深邃的皺紋。友美將三個水桶堆在手推車上，水桶看起來搖搖欲墜，她一手拉著推車，另一手又多提一個水桶，往A棟的入口從容走去。樓梯的左側有一半是用水泥鋪成的斜坡，十分陡峭且凹凸不平。友美穩穩抓住不斷失去重心而快要翻倒的手推車，大步走上樓梯。

珍京的手中依然捧著春白菜花束。花子奶奶的手突然搭在珍京的肩上。

「結果你沒拿給她？」

珍京聽了滿臉通紅。

莎拉倚靠在二樓的欄杆上，看到方才發生在前院的事。雖然看不見珍京的表情，但能知道她的臉頰通紅。莎拉大步走下樓梯時，珍京依然捧著黃色花束站在那兒。莎拉將她唯一一隻大眼睛睜得更大，說道：

「姐姐，花很漂亮。」

珍京不太確定地緩緩掃視著花束。

「那是要給誰的？」

「沒什麼。」

莎拉望著珍京好一陣子，珍京不懂她要做什麼，只是呆呆的與她對望。莎拉既鬱悶又惋惜似的笑了一聲，先開口問：

「那這個花可以給我嗎？」

珍京那時才把花束遞出去。當莎拉雙手接下花束，捧起來聞花香時，珍京往樓梯的方向踏出腳步，滿腦子想的只有蝴蝶。這時莎拉大喊：

「姐姐謝謝你！」

「嗯？」

「謝謝你給我花，謝謝你做花束給我。」

珍京不由自主的朝莎拉的方向揮了揮手，莎拉也立刻笑著用力搖晃花束。

七〇一號，珍京

珍京終究還是去了公園，她不能不去。不曉得是不是時間太晚，只看見現場圍繞著不牢靠的封鎖線，不見警察的蹤影，也沒有看熱鬧的人或來散步的民眾，連發現屍體的那輛轎車也不在現場。珍京在路上遇見穿著制服的年輕情侶，他們彷彿炫耀一般，刻意環住對方的腰，在她面前接吻。他們偷看了珍京一眼後咯咯地笑。珍京爬上由樹根和斜坡自然形成的階梯，在階梯頂端有一塊兩坪大的空地。珍京站在空地的邊緣，隔著馬路俯瞰公園對面的薩哈公寓。

夜晚的公寓明顯比其他建築物還昏暗，屋頂的太陽能發電板在月光下閃閃發光，還有零星的窗戶照射出隱約的光芒……道嘌也曾經站在這懸崖上俯瞰公寓吧？他當時在想什麼呢？他現在又在哪裡？珍京用力眨了一下眼，然後轉身大步走下土堆的階梯，她的腳因著下坡的加速度不斷打滑，臉頰還數次被伸長的樹枝劃到。

珍京站在四線車道前，用手背抹去臉上滲出的血滴。她在喉嚨乾渴、頭暈目眩又精神恍惚的狀態下，往車道跨出一步。一輛轎車以驚人的速度奔馳而來，駕駛「叭——」一聲長按喇叭後，避開珍京切到旁邊的線道。珍京猶豫著往後退，跌坐在人行道上。一股寒氣從頭頂沿著背脊往下竄。有好幾次明明知道道嘌獨自一人留在學校、空地或遊樂場等待，她卻還是很晚才到。年幼的道暻哭著叫姐姐的聲音，彷彿乘著風飛了過來。

珍京聚攏雙腳，在原地蹦蹦蹦連跳了三次。她振作精神，確認車道兩側都沒有來車後，大步快速穿越馬路。她不斷奔跑，腦中一片空白地邁步奔馳，跑著跑著，在不知不覺中已經抵達薩哈公寓。

珍京第二次見到秀，大概是一年前的某個夜晚。那時她一邊越過欄杆仰望著天空，一邊在走廊上來回踱步。她抽著菸走到七一四號，又再次回頭走向七〇一號，不過不管她站在哪裡，都看不見月亮。是被雲遮住了嗎？還是今天月亮沒升起？她正在腦中繪製月曆，填上日期計算著時間，那時在欄杆外的另一頭，遠遠的可以看見有某個東西在動。那天晚上天色特別暗，公寓內出奇地安靜，她在空無一人的前院裡，看見兩個黑影反覆重疊後又分開，然後迅速地從熄燈的管理室前經過。

兩個黑影一下子就到了A棟的入口。過了一會，有一個黑影本來想穿過前院出去，卻又轉身再次往A棟跑了回來。珍京急忙壓低身軀，用運動鞋的後跟踩熄香菸後，注視著兩個黑影的動靜。她應該知道其中一個是誰。珍京有股不祥的預感，她好不容易得來的日常，這脆弱的和平感覺就要被打破了。珍京一屁股坐在地上，這時她看見水泥牆上的裂痕，沿著牆壁往下延伸到走廊的地板上。

她聽見上樓的腳步聲。噠噠噠答，噠噠噠答，噠噠噠答……聽起來是一個人的腳步聲。

腳步聲響起，一陣寂靜，腳步聲響起，又一陣寂靜。想必那個人是往上爬了一層後，扶著欄杆對站在院子裡的人揮手。他再往上爬了一層後停下來揮手，又再往上爬了一層，然後再次停下來揮手。腳步聲逐漸靠近，那個黑影終於出現在七樓的平臺上。那是珍京認識的人，道暻。

道暻闊步走向欄杆，彷彿要從欄杆上跳下去一樣，盡可能將上半身探出去，大力揮動手臂。他長長的手臂畫出大弧度的曲線，就像在黑夜中畫出一道彩虹。他接著做了幾個看不懂的手勢，然後將手背揮向空中，要對方趕快走。他的手本來想放回欄杆上，又再次舉起來做手勢，他停下來靜靜看了一會，又再次做手勢。那樣比劃了好一陣子後，道暻才轉身走向珍京蹲坐的這一側走廊。他完全不知道姐姐正蹲坐在走廊的盡頭，輕輕地哼起歌來。他低沉且粗糙的嗓音，和輕快的歌曲完全不搭。那彆扭的嗓音讓珍京覺得可憐，不禁一陣鼻酸。她忍不住吸了一下鼻水，結果原本悄悄在走廊傳開的歌聲立刻停了下來。

「姐姐？」

「她是誰？」

道暻沒有回答。珍京又問了一次：

「是城鎮的女人？」

道暻這次也沒有回答。

「還滿漂亮的。」

一直保持沉默的道暻反問：

「你看見了？」

當然看見了。城鎮的居民對這裡只有恐懼，那女人卻若無其事地走進來。那女人不斷往你的方向跑，那女人為了看你小小的黑影，一直待到最後，那女人還讓你哼起歌來，儘管那嗓音聽來悲傷。那種女人怎麼可能不漂亮？

「嗯。」

聽了珍京的回答，道暻歪著頭問：

「你不記得她嗎？」

珍京回想那女人跑過前院的身影。身材嬌小，跑步時左右擺動的馬尾，輕盈的腳步聲。她想起了一張臉。有一次道暻在工地工作時，被鋼筋嚴重劃傷。當時道暻說他從超市買藥水和繃帶回來，緊急包紮了傷口，繃帶緊實地纏繞在他的手臂上，手法看起來很不一般。問他是誰幫忙的，他才吞吞吐吐的說是花子奶奶幫的忙。隔天珍京跑去向奶奶道謝，奶奶卻嚇了一跳，反問：

「道暻受傷了？」

當時她也想到那個女人。道暻將手伸向默默無語的珍京。

「姐姐別擔心。」

珍京抓著道暻的手站了起來。

「你最好打電話給她。這夜路……不用說也知道她有多害怕。」

珍京轉開門把時，道暻環抱住她的肩膀，說：

「姐姐謝謝你。」

珍京再次轉頭看向前院，黑影早已消失不見。

姐弟倆人關上拉門，在客廳兼臥室的大房間裡並排躺下。雖然還有一個小房間，但兩人從搬來公寓的第一天開始，就一起睡在大房間裡。長大成人的姐弟共用一個房間雖然不是常有的事，兩人卻完全不以為意。房間的天花板上滿滿都是雨水的水漬，在幾年當中形成了各種奇怪的圖樣。

明明隨便占一個空房來睡就好，他們卻偏偏住到冬冷夏熱的房間，而且還是在沒有電梯的公寓頂樓，實在狼狽不堪。然而，珍京彷彿在自找麻煩似的，選了七樓的最後一間房。冬天反而還算過得去，雖然沒有暖氣確實很冷，不過不會過於乾燥，也不會結霜。夏天才是問題。在夏天，天花板會滲水。

他們住進薩哈公寓的第二個夏天，每天都下雨，雨勢大到菜園都被水淹過。雨水開始沿著大房間陽臺那側的角落流進來，水偷偷地滲進來，把一整面牆都弄溼了。天花板到處都在漏水，雨水凝結成水珠後，滴滴答答地掉落。那一年的雨季特別長。雨季結束後，五顏六色、各式各樣的黴菌，在天花板的汙漬中綻放開來。道暻嚇得直說要搬家。然而，珍京不知為什麼不太想搬走。

「都已經住了一年，搬來搬去實在有點……」

他們將壁紙全都撕下後，讓牆壁風乾，然後再用漂白水輕輕擦去天花板上的黴菌。即使已經在牆壁和天花板上粉刷防水油漆，但只要一下雨，上面又會再次布滿水痕。一旦在上面開出水道，就算只下一點雨，天花板還是會整個溼透。雨水順著先前流經的路線再次滲入，在牆壁上留下層層交疊的紋路。一下雨就被弄溼，天氣好轉時能稍微風乾，不過如果又再下雨，就又會被弄溼，然後再慢慢風乾，這過程反覆不斷。珍京和道暻有時會並排躺在地上看著天花板，一起數算上頭髒汙的年紀。儘管道暻常說他不懂姐姐為何執意要留在漏水的房子裡，卻也不再說要搬家，或是要搬出去住。

月光從遠處照進開著的窗戶。陽臺欄杆的影子映在天花板上，猶如時鐘的分針那般，緩緩地往右傾斜，珍京看著影子移動，想起秀幫她治療凍傷的那天。道暻叫了一聲姐姐。珍京不想被道暻發現她還沒睡著，所以並沒有回答。

「我們到底是誰？既不是原生國家的人，也不是城鎮的人，我們到底是誰呢？我們每天這麼努力又認真的過生活，到底能改變什麼？有誰會知道？又有誰，會原諒我？」

珍京一直緊閉著嘴。道暻長嘆一聲翻過身去，又說：

「我也想成為城鎮的居民。」

城鎮的居民，居民。一個月後，道暻獨自搬出去，和秀一起住在七一四號。

珍京張著眼睛熬了一整夜，到了早上才入睡。有噪音像灰濛濛的灰塵那般，輕輕掉入她的夢境裡。在週末早晨，那聲音就像是從緊閉的房門斷斷續續傳進來的電視聲，珍京以為自己在做夢。

「嘿！Stop!Stop!」

那是老頭的聲音，珍京猛然起身。她打開門走到走廊上，看見一向空著的停車場上，有兩輛警察巴士正在開進來。花子奶奶站在菜園的一角看著這場景，她平常都會在清晨起床，到菜園裡摘萵苣、小黃瓜和小番茄。管理室的老頭正拍打著車尾，幫忙停車。

薩哈公寓有三分之一都是空著的。一開始大家都隨意地占空房居住，所以有的家庭同時用好幾間房，也有人搬來搬去，把公寓弄得很髒。有些城鎮居民和L2的人，會將薩哈公寓當作避難所，躲進這裡，也有些不懂事的學生為了躲避大人的視線，在這裡進進出出，導致大家都不太知道哪間房間是空的，哪間又是有人住的。大家在住戶大會上決議，所有的房間一律上鎖。空房間的鑰匙都放在管理室的櫃子裡，而管理室櫃子的鑰匙則由主委保管。

然而，跟老頭對談的那名警察，手上卻拿著那串鑰匙。這代表老頭和友美交出了那串鑰匙。珍京緊抓欄杆的那隻手抖了起來。她轉身打算回去換衣服，握住門把正要開門時，身後突然有人緊抓住她的肩膀。珍京反射性地反手抓住搭在她肩膀的手，把那隻手臂往後折。男人發出悲鳴聲，站在他身旁的年輕男子則用槍對準珍京。手臂被折的男人，留著一頭很白的白髮。白髮男子舉起另一隻手，要那名年輕男子冷靜，並跟珍京說：

「啊，我是警察。請你先鬆手。」

珍京慢慢鬆開他的手，對準她的槍口也以同樣的速度緩緩放下。那名警察彷彿早就料到似的，一邊從容微笑，一邊搓揉被凹折的臂膀。

「你是姐姐吧？」

珍京沒有回答。在還沒掌握資訊的狀態下，她沒必要草率行動，也沒必要洩漏什麼。

「你知道秀吧？」

珍京搖了搖頭。警察從手冊裡拿出一張照片給她看。

「聽說她來過這裡幫小孩看診，啊，你沒有小孩，所以可能不知道。不過你應該聽說過吧？她是前面那家小兒科診所的醫師。」

她再次搖頭。警察將手靠到自己的嘴邊，拇指和食指一下貼上去，一下又拿下來，然後放慢語速問：

「難道你不會說話嗎？」

「嗄，不是。」

「那為什麼不說話呢？我還以為你不會說話。讓我們進去一下吧！我們有帶搜查令來。」

在他慢慢攤開文件的同時，年輕的警察搶在珍京前面走進了房間。珍京連鞋子都沒脫，就急著要跟在他後面進去，但右腳才踏進玄關，警察的手又再次放在她肩上。

「她是前幾天死在公園裡的那名女醫師。有人說你弟弟在欺負她，嗯，應該說是在跟蹤她。這附近有很多人看到。聽說她也是因為這樣才跟醫院辭職的。你弟弟去哪裡了？」

「我們不太會跟彼此交代行蹤……」

警察點點頭，覺得姐弟間也有可能那樣。

「你知道他什麼時候出門的嗎？」

「今天沒看到他，我們目前分開住。」

「你弟弟的房門是鎖著的，但你應該有備用鑰匙吧？」

「我沒有。」

即使珍京說她不清楚狀況，警察還是針對道暻的近況一再追問。珍京擔心自己不小心說錯話，刻意壓抑情緒，冷靜地回答。那時，年輕的警察推開站在門前的珍京，走了出來。他左手拿著一個塑膠袋，裡面裝有舊牙刷、梳子和道暻以前用的刮鬍刀一類的東西。珍京瞬間緊咬住下嘴唇，若不那麼做，她就快要叫出聲來了。白髮警察安慰似的拍拍珍京的肩膀後，轉身離開。

他們說道暻在跟蹤人。「跟蹤、跟蹤、跟蹤……」珍京喃喃唸了幾次，這單詞的發音讓珍京的鼻腔發癢，而且還給人一種很陰險的感覺。

……●……

珍京和道暻在三年前搬進薩哈公寓。

珍京的爸爸一如往常在清晨醉酒後走回家，卻遇到搶匪搶劫，還把他打得半死不活，只剩下一口氣。媽媽曾經兩次逃家，現在爸爸倒下了，媽媽反而跑回來，勤奮地照顧爸爸，扛起家裡的生計，令人難以置信。

每個家都有那個家庭特有的氣氛。在珍京的家，有像屍體一樣癱臥在床的爸爸、突出來的釘子、一閃一閃的日光燈、角落的蜘蛛網、空冰箱的冷空氣，這些形成了家裡的氣氛。某天，年幼的珍京無法忍受這股無力又渙散、持續下沉的氣氛，開口跟媽媽說她希望爸爸死掉。媽媽既不驚訝，也沒有責備她，只是淡淡的詢問她理由。珍京反問：

「媽媽不那麼想嗎？」

「我不那麼想。我希望你爸爸就一直像這樣活著。」

「為什麼？」

「因為我現在是照顧你爸爸的人。你爸爸現在只能躺著，連話都講不出來，所以我可以盡情抱怨並詛咒他。除此之外，我什麼都做不了。你爸爸如果不在，我好像就什麼都不是了。」

每次將抽痰管插入與氣管連接的小洞時，猶如一塊木頭的爸爸都像是要證明自己還活著那般，瞪大雙眼且渾身發抖。珍京的媽媽低聲哼歌：這一切的罪都在我，我跪在主面前，求您原諒我，求您救援我……媽媽並沒有信教，不過她曾經就讀由修女擔任校長的天主教女子高中，她說當時聽了很多聖歌。每當珍京無意間看見媽媽扶起爸爸僵硬的身軀，拍打他的背，幫他擦拭身體，消毒接在身體各處的醫療器材時，珍京都很想問：「媽媽到底有什麼罪？媽媽為什麼要跪在地上？媽媽有什麼要求饒的？」爸爸變成植物人後，過了六年，在珍京十七歲的那年春天去世了。

當時珍京的媽媽在搬家公司工作，負責整理鍋碗等廚房用具，以及小孩的行李和衣服等等。辦完爸爸葬禮的隔天，媽媽與往常一樣在早上七點出門，去某個擁有很多書和玩具的美滿家庭，幫忙把生活用品搬到有大院子的新家。為了保護那些用品，媽媽用泡泡紙一一打包裝箱。行李運上貨車後，行駛了兩個小時才抵達新家。媽媽在那裡整理完所有的行李，打掃過房子之後，才回到家，那時珍京姐弟倆已經吃完充當晚餐的泡麵了。隔天，再隔天也是一樣，媽媽每天都跟珍京說要好好照顧弟弟，然後一大早就出門了。

那天也是一樣。珍京送媽媽出門時，媽媽的手溫柔地搭在她的肩膀上，說：「我走了。」除此之外，媽媽什麼都沒說，表情也跟其他天早晨一樣，沒有猶豫不決，也沒有回頭。來弔問的搬家公司同事也都說媽媽和平常一樣。他們說，媽媽因為覺得疲憊，在工作時多喝了一杯咖啡，而且總是在哼歌，午餐也吃光了整碗飯。後來她在客戶位於新公寓十樓的陽臺上，整理完洗衣籃和洗衣精後便墜樓而下，掉到一樓的花壇裡。

葬禮會場非常冷清。珍京的媽媽光是要活下去就很吃力，人際關係更是難以長久維繫。唯一保持聯絡的只有她的大姐，也就是珍京的大阿姨，但珍京並不知道阿姨的電話號碼。對媽媽來說，也沒有可稱作朋友的人。爸爸那邊的親戚，不曉得是否覺得四個月前參加過爸爸的葬禮，就已經算仁至義盡，所以幾乎沒有人來參加媽媽的葬禮。舅舅一個人過來後，光是喝酒，連一聲問候都沒有就走了。堂妹則只代替大伯父轉交了奠儀。

令人意外的是，在媽媽的搬家公司同事眼裡，她看見了淚水。那些中年男子除了工作時間之外，和珍京的媽媽幾乎毫無交集，彼此也沒有交談。似乎是因為工作的辛苦、突如其來的意外和警方調查等接連而來的緊張及壓力，才使他們的淚水奪眶而出。或許比起悲傷，那更是因恐懼而流下的淚水。自己說不定也會發生那種意外，自己的小孩可能也會像那樣幼小又脆弱。即使知道這些，卻仍舊無能為力，這使他們感到恐懼。他們一反常態，緊抓著珍京和道暻瘦弱的手，久久不放。公司老闆接受過調查後，在最後才姍姍來遲，跑來會場。他說這不是意外，是自殺案件，雖然公司損失慘重，但他只是來悼念的。當老闆溫和地說完那番話時，珍京悄悄抽走被緊握的手。

他們撤夜守在靈堂。沒人玩遊戲，也沒人喝酒飲食，他們只是無言對坐。香快燒完時，總會有一人走到遺照前，再次把香點燃。煙氣從燃燒的香縷縷上騰，在半空中散開後消失不見，彷彿在為媽媽曾經活著的事實，提出微弱的證明。若不是刺鼻的香氣瀰漫，想必這裡什麼都沒有。

珍京的背沒有靠牆，而是歪坐在地，她哭著哭著打起瞌睡，醒了之後又繼續哭，突然從某處傳來了歌聲：「這一切的罪都在我，我跪在主面前，求您原諒我，求您救援我……」珍京瞬間感受到背部傳來靈魂的熱度，彷彿將她整個人都點燃了。她的視神經突然斷掉似的眼前一黑，什麼都看不見。來路不明的噪音在耳邊響起，當那音量緩緩降低時，她聽見陌生的慘叫聲和道暻的哭聲。那天是珍京生平第一次，也是最後一次毆打弟弟，而且她還打到弟弟闔不上眼也閉不了嘴，直到道暻吐出一顆被打斷的門牙後，她才如夢初醒，停下拳頭。

之後，道暻對姐姐的執著簡直到了可怕的程度。乍看之下，只是一個失去雙親的小孩在依靠唯一的血親，但實際上道暻的情感沒有那麼單純。

珍京退學後，白天在加油站打工，晚上在餐廳打工，清晨則在便利商店打工。某天早上，珍京拖著疲憊的身軀回家，打算要盥洗時，卻找不到牙刷。當時她還不以為意，但過了一個禮拜，牙刷又不見了。這次她問道璟，道暻卻說不知道。一個月後她又找不到牙刷，便對道暻發脾氣。問他是不是把牙刷丟掉了，又或是在打掃時弄掉了，為什麼一樣都插在牙刷架上，卻只有她的牙刷不見。道暻反問珍京為什麼要對自己發脾氣，珍京只好向他道歉。

道暻去上學後，珍京翻遍了整個家。雖然她找遍了垃圾桶和鞋櫃，甚至連冰箱都找過，卻沒看見牙刷。已經到了要去打工的時間，珍京本來打算放棄，正打算去換衣服時，卻看見道暻的矮桌上，有一個孤零零的老舊鐵製筆筒。不會吧。珍京硬是把已經變形而難以打開的蓋子給扳開，發現牙刷被塞在窄窄的筆筒內，發黃的刷毛在蓋子被打開的瞬間唰地展開，猶如開花一般。那都是珍京用過的牙刷。有一支牙刷的刷毛已經變形，其他三支則幾乎都是全新的。

「我怕姐姐會逃走。」

道暻給了一個難以理解的答案。不論珍京再怎麼追問，道暻都只是搖頭一直哭。

「你回答看看啊！我為什麼要逃跑？我要逃去哪？把牙刷藏起來能改變什麼嗎？」

「我也不知道。」

珍京沒有再問下去，因為她覺得道暻的回答或許是事實。

老闆一開始沒有認出道暻。道暻投履歷到搬家公司，通過書面審核和第一階段的面試後，最後得到與老闆一對一面試的機會。道暻這麼做並不是想找工作，他單純是為了和老闆見面。

「我媽媽沒有自殺。」

這是道暻在那小房間裡，對老闆說的唯一一句話。「嗯？你說什麼？臭小子你是誰？」即使老闆一再反問，道暻還是重複同樣的回答：「我媽媽沒有自殺。」老闆一臉匪夷所思，扶著被摸得光滑的原木桌站了起來，那時他彷彿被冷風吹過般，突然全身打哆嗦。老闆一一打量道暻的右眼、左眼、鼻梁、人中、上嘴唇的稜線到嘴角後，說：

「你媽媽是自殺。」

「我媽媽沒有自殺！」

「你媽媽是自殺，而且還偏偏從客戶的新家陽臺上跳下來，我的損失可不少。欄杆比腰高上許多，說你媽媽是在整理架子的途中意外墜樓，根本就不像話。」

道暻依然重複同樣的話。老闆一副難以忍受似的搖搖頭，左搖右晃地站直身體，卻一步都動不了。因為道暻先一步將工業用的美工刀插入老闆的側腰。老闆倒地後，道暻發出咯地一聲騎到他的身上，在他的肩膀和胸口附近又刺了四刀，最後把刀插在他的脖子上便逃走了。

看到道暻的雙手、手臂、衣服全都染上黑紅色的血，渾身溼透、發著抖的模樣，珍京想起了那棟老舊的公寓。數十年前在南邊某一處，有一個宣布獨立的小小城市國家，它們對世上築起堅固的高牆。在那國家裡，有棟像島嶼那樣被孤立的公寓。會有比那更完美的藏身之處嗎？只要他們能躲進去，珍京認為道暻絕對不會被抓到。如果那裡真的有那種地方的話。

姐弟倆人躲在貨輪裡橫越海洋。貨輪一停靠在城鎮的碼頭，他們便帶著必死的覺悟，從船上跳下來藏身在大海中，一直到太陽西下。他們在早春游過夜晚的海面，迎著清晨的冷風發瘋似的奔跑。薩哈公寓真的……在那裡。

珍京和道暻抵達管理室時，臉上都結了一層薄冰。道暻昏倒在地，珍京想開口求救，找人幫忙，嘴唇卻凍僵了，張也張不開。老頭將兩人帶到自己位於管理室旁的宿舍。他從機房舀熱水來裝滿浴缸，然後幫他們把大部分的衣服都脫掉後，讓他們泡在水裡。老頭將毛巾整個沾溼，蓋到兩個人的頭上，然後囑咐珍京：

「持續用水沾溼毛巾，不要讓毛巾冷掉，然後從臉開始熱敷。雖然會很痛，但要忍耐一下。另外，不要暈過去。都來到這裡了，就這樣放棄太可惜。」

珍京用溼毛巾持續熱敷道暻的臉，不斷複誦老頭的話：

「不要暈過去，都來到這裡了，就這樣放棄太可惜。」

道暻咬牙點點頭。

經過漫長的住戶大會，公寓的人決定收留珍京和道暻。這是公寓在收留老頭之後，時隔十年初次收留外國人。他們既不是喪失居民資格的Ｌ２，也不是連Ｌ２都當不成的原本城鎮居民，或是那些人的孩子。老頭把鑰匙遞給珍京，臉上安慰人的表情彷彿他們遭人拒絕似的。

「我沒辦法歡迎或恭喜你們。你們能住下來就好。」

房間整理得差不多後，珍京按照老頭的吩咐去了一趟就業輔導所。老頭說那是在城鎮生活首先要做的事。無論如何都要有錢才能生活，如果想賺錢就要工作，但薩哈的人用遞履歷和面試這種一般的方式，是找不到工作的。

輔導所位於離公寓不遠的辦公大樓裡。穿戴整潔的上班族，一直在大樓正門的大旋轉門進進出出。珍京根據老頭的指示，繞到大樓的後側。在通往停車場的車道出口旁邊，有一道緊閉的側門，上面沒有任何標示。她拉開門後，看見一條天花板低矮的走道，在走道的盡頭還有一道鐵製的小門，那道門上也沒有任何標示。珍京打開鐵門後，正前方有一張嚴重磨損的雙人沙發，旁邊有一組大尺寸的木製桌椅，看起來老舊但堅固。

輔導所的所長正坐在書桌前剪指甲，還發出咔咔聲響。雖然她在桌上墊了一張衛生紙，但剪下來的指甲碎屑還是彈出衛生紙外，往四方飛去。所長是一位老奶奶，身穿樣式普通的針織衫，手上戴著寬版戒指。她塗著深色的口紅，一頭白髮燙得非常捲。從某個角度看起來，她跟其他同齡的老奶奶沒什麼不同，但從另一個角度來看，她又像是精神不正常的人，尤其她眼睛下方的傷口非常顯眼。那道橫向的傷疤約有兩公分長，看起來像是被刀用力劃過的。或許是受傷時沒有好好治療，有些部分往下凹陷，有些部分則向上突起，內層的肉外翻，而且連傷口附近的肉也變色發黑。

她看起來至少有八十歲，行動遲緩，講話很慢，身體還微微顫抖。她用顫抖的手緊握高級鋼筆，親自在文件上填寫資料。

「幾棟幾號？」

「A棟七〇一號。」

「你選了最不方便、最冷的房間耶，年紀多大？」

「我三十歲，弟弟二十五。」

「之前是做什麼的？」

「我之前在餐廳之類的地方工作，弟弟是學生。」所長上下打量珍京後，緩緩點頭，然後跟她說如果有工作進來，會再聯絡管理室。

在回公寓的那條馬路兩旁，有玉蘭樹林立。枯瘦的樹枝頂端，結出光滑亮麗的白色花苞，猶如高級衛生紙。太陽正在西下，玉蘭樹的白色花苞被晚霞的光輝染紅，零星地插在樹枝間的旗幟，正懶散地飄揚著。旗幟上的圖樣是珍京從未見過的，有七個角的星星。她剛剛在就業輔導所的那棟大樓入口，有看見畫著那個圖樣的畫框。

珍京經過管理室時，向老頭詢問關於國旗的事。老頭噘起嘴歪頭反問：

「國旗？我沒印象有看過耶，雖然這個發瘋的國家應該也有國旗。不過你說的星星，是七芒星嗎？總理團的標誌就是七芒星。」

在管理室的窗戶下方，放著一張刻有許多凹痕的長木桌。桌下有一個用密碼鎖鎖上的金庫，還有一張比桌子矮很多、帶有滾輪的椅子，桌子旁邊則有一臺小冰箱。管理室的大小剛好適合一個人坐著辦公。

就算老頭明表不悅，珍京還是常常逕自出入狹窄的管理室。她總是隨意靠坐在桌邊或椅子扶手上，有時乾脆直接坐在地上。珍京的爸爸長久臥病在床後離世，媽媽則不常表達、沒有互動，她自己平常也沒什麼與大人相處的經驗，或許是因為這樣，她總是很難跟年紀大的人相處。不過她喜歡老頭。老頭話很多，雖然那大多是在講別人的壞話，或唉嘆別人的命運，但在他極致的悲觀中，卻有某種能使人安定的能力。每次珍京不敲門就闖進管理室時，老頭經常一邊抱怨管理室太擠，一邊把收起來的摺疊椅打開來給她。

珍京拍掉摺疊椅上的灰塵時，放在桌上的小電視正在播報新聞。老頭朝電視的方向伸手把音量調高。電視和廣播的頻道都只有一個。珍京正對沒有頻道按鈕的電視感到詫異時，老頭盯著螢幕說：

「這是傻瓜箱子，傻瓜箱子。這真的會害人變成傻瓜，所以還是不看最好。」

電視正在播放總理團代言人的每日報告。在新聞播報前，總是會先播放代言人的報告。他會對國民傳達每天決議的事項、企業營運的現況、評論等內容。代言人宣布將擴大實施醫療保險並調整保險費率、私立的育兒機關將會分階段轉為公立、第三住宅區確定公有化等內容。另外，國立醫療院附屬的部分研究所，將被世界最大規模的海外醫療財團收購，而生活產業部將會轉為公營企業，從政府組織獨立出去。

「好好喔，城鎮居民真好。」

聽到珍京那麼說，老頭不禁苦笑。

「這裡只是一個大企業。不過是間名叫『公共』的公司在擴張自己的勢力罷了。沒錢的人去不了醫院、養不起孩子，能賺錢的機關卻都進了某些人的口袋。」

看到畫面中刻在代言人發言臺上的七芒星標誌時，珍京想起在街上飄揚的旗幟。珍京逃來這國家後，連國旗都很難看到。街上到處都插滿了總理團的旗幟，而不是國旗。總理們每天對國民發表自己的決定，而國民也相信那種單方面的報告就是一種溝通。總理團的報告結束，新聞開始播放時，老頭關掉了電視的電源。

「很神奇吧？這城鎮為什麼會放任薩哈住在這公寓裡？」

「應該是總理們定下來的吧。」

「總理們為什麼會做出這樣的決定？」

那聽起來不像是期盼答覆的提問，所以珍京只是呆呆看著黑色電視螢幕上映照出來的老頭。老頭彷彿喃喃自語般說道：

「還是城鎮的居民決定的？」

珍京和螢幕裡的老頭四目相對。老頭的臉上沒有笑容。

初夏的某一天，發生了火災。夏天才剛到，熱浪便來勢洶洶。比起陽光直射的白天，夜晚悶熱的空氣更令人窒息。熬過炎熱的夏夜，老頭已經疲憊不堪，他打開管理室所有的門窗，從白天就開始打盹。當吹著熱風的電風扇，送出比較涼爽的風時，老頭就會猛地醒過來，又立刻睡回去。淺眠之中，響起一陣慎重的敲門聲。叩、叩、叩。既不會太快，也沒有太慢，很準確地敲了三下。聲音大到老頭能清楚聽見，他卻沒有睜開眼。敲門聲再一次響起：叩、叩、叩。明明能知道有人站到電風扇前擋住了風，老頭的身體卻始終沒有移動。

「還好嗎？」

直到擋住電風扇風向的某個人搖動老頭的肩膀，他才從夢裡醒過來。

「您是被鬼壓了嗎？哎呦，看看這汗流的全身都是。今天也沒昨天熱啊！」

老頭當下就看那男人不順眼。那語氣乍聽之下彷彿溫柔又親切，卻巧妙地帶點輕視的意味。老頭既不感謝也不好奇，只是一直盯著他看。那男人從後口袋翻出證件，秀給老頭看。他是警察。

「昨晚市中心那邊失火了，您有聽說嗎？」

「臭小子，我沒聽過。」

警察噗哧一笑，然後把放在管理室外的椅子拉過來，坐下來配合老頭視線的高度，說：

「有人放火燒七芒星的旗幟。那人膽子很大，他從市中心開始，沿著通往國會的路一路點火。幸好火勢不大，很快就被滅了，但人卻沒抓到。不知道您在清晨三點左右有沒有看見可疑的人？」

這是常有的事。一旦發生對象不特定，難以縮小嫌疑犯搜查範圍的案件時，不管犯罪現場在哪裡，至少都會有一名警察到薩哈公寓調查。老頭搖了搖手。

「我不知道。你為什麼來這裡找在市中心縱火的人？」

那時一名住在A棟二樓的四十多歲男性，梳著油頭一邊打哈欠一邊走進公寓。

男人瞇著眼朝向管理室點頭打招呼，卻對上一張陌生的臉。警察盯著緩緩走上樓的男人看了好一陣子，問：

「那個人現在才回來嗎？」

「他在晚上做道路清潔的工作。我跟你保證這裡沒有犯人。你們不要一有事發生，就過來這裡浪費時間，還是去城鎮裡找找看吧！」

「別人做的事您怎麼有辦法全都知道，還敢幫他們保證？公寓住戶的前科都很華麗啊！」

在公寓經常發生一些小型的爭執。經常有人毆打城鎮居民或是引發騷動被警察帶走，爭吵對象大多是不守信用的業主。最終多是以公寓住戶沒拿到錢或沒得到治療來結案。住戶從事的工作沒有穩定的報酬，只是像機器那樣重複做很簡單的事，他們的生活彷彿在倒退走。當他們帶著恐懼，走過漫漫長路，辛苦地抵達目的地時，等待他們的總是一個更差的工作。公寓的住戶逐漸變得弱小、幼稚且單純。

包含早上才下班的A棟二樓的男人在內，珍京和道暻，以及另外兩名二十多歲的住戶都接受了警方的調查。雖然隔天縱火案的真凶主動投案後，接受調查的住戶都被放回家，但珍京的手上卻有一個偌大的瘀青。珍京說那是她從返家的公車下來時，撞到門才瘀青的。

「哪有瘀青一撞到就浮上來的？」

老頭一邊從抽屜裡拿出藥膏給珍京，一邊抱怨警察實在太不瞭解薩哈公寓的人。

如同老頭的預想，縱火犯是L，亦即城鎮的居民。一名六十多歲的退休人士，犯案當時並沒有飲酒。

他當了一輩子的公務員，退休後繼續在區公所擔任志工，負責為前來請願的人引路。據說他平日也經常發表危險的言論。只要一有空，他就會隨便抓一個職員或居民，對人發表自己的主張，說城鎮不是正式的國家，而且政府管理城鎮居民的方式，簡直和大型超市管理商品的方式沒有兩樣，還說匿名的共同總理制度應該立刻廢止，城鎮應該要加入國際組織，遵守國際法律。他的年紀還沒有大到搞不清是非對錯，若說那只是老人的胡言亂語，難免顯得牽強，而且他也不是不諳世事的傻子。他已遭居民多次抗議，區公所相關人士也曾數次給予輕微的警告，但他不僅完全沒有改善，反而還變本加厲。

這個人生平連一步都沒離開過城鎮。他誕生在一個平凡的偏遠小城市，也就是現在獨立出來的城鎮，他在城鎮裡求學並通過公務員考試，後來在城鎮就業並和這裡的女人結婚，一直在城鎮裡度過平凡的生活。直到三年前，他辦完父親的葬禮後，開始發表奇怪的言論。

他的父親很長壽，最後是罹患肝癌去世的。他父親年紀過大，身體嚴重衰退，所以無法接受化療。對此他父親既不悲傷，也不驚慌，在某日服用過量的痲醉藥品止痛劑後，安靜地離開人世。他的父親將房子、書籍、財產都整理好後捐獻出去，與親近的朋友見面道別，還親自為孫子孫女下廚，用照片和文字將過程記錄下來寫成稿子，標題為「肝癌爺爺的廚房」。後來他聽取孫女的建議修改標題，將「肝癌」兩字去掉，改成「爺爺的廚房」。他父親在闔上眼睛離世之前，最後對媳婦表達感謝，要孫子別闖禍，還請孫女幫忙出版料理書，然後對他說：

「我活到現在只有一件後悔的事，但因為那件事，我終身都在後悔中。」

他的家人完全猜想不到，他父親後悔的那件事是什麼。他也僅是尊敬父親，從沒好好與父親交談過，所以同樣一無所知。

他默默辦完喪禮後，和往常一樣去區公所當志工，用親切的表情為來訪的人帶路，到了晚上卻總要喝上四、五杯以前不喝的威士忌。妻子認為他是因為喪父的悲傷才會如此，不以為意。結果某天他抱著肚子昏倒在區公所的廁所，被人送往急診室。兩小時後，他好不容易恢復意識，醒來後對醫生說的第一句話就是：「醫生不治療生病的人，難道還是醫生嗎？」

他若因縱火被處刑還算是幸運的。若依特別法起訴，對他判刑，那麼他會被處以什麼刑罰是無法預測的。特別法既沒有基準也沒有依據，更沒有上訴的餘地。他的家人強調，他一生都擔任公務員為城鎮服務，年輕時在公務中還因交通事故弄傷了腿，變成殘障，而且父親的離世對他造成很大的衝擊，他因此飽受憂鬱症之苦。他會這樣鬧事，若不是找死，就是瘋了。

隔天珍京去還藥膏時，老頭稍微看了一下她的手臂。雖然原本發紫的瘀青已經退成黃色，但還沒完全消退。

「你留著。」

「但這是老頭你的東西。」

「你拿去在流汗的皮膚上抹來抹去，現在才要還給我？」

「你不也是用過了才給我。」

「我沒流汗。」

珍京打開藥膏的蓋子，輕輕在前臂上來回塗抹。藥膏揮發後，手臂的肌膚感到一陣涼爽。電視正在播報縱火犯的新聞。老頭盯著畫面喃喃自語，直說犯人是瘋子。雖然縱火犯帶著一個大口罩，把棒球帽壓得很低，五官也全都被遮住，但還是掩飾不了他圓滑的下巴曲線。那是一張圓滾滾的臉蛋，鬍子刮得很乾淨，而且皮膚光滑又白皙。彷彿可以看見他過去富裕又安穩的生活。珍京舉起瘀青的那隻手臂，撫摸自己的臉頰，摸起來就像長久日晒的毛巾，硬邦邦的很粗糙。

「什麼都有的人到底是缺什麼……」

珍京一說，老頭就一聲不響的拿起遙控器關掉電視。過了許久，才用沉重的語氣，緩緩說道：

「我們又沒什麼好失去的，真不知道為什麼做不出那種事？蝴蝶革命是第一次，也成了最後一次。」

在城鎮獨立初期，反對新政府的Ｌ２，曾經聯合薩哈一起進行大規模的示威。人們將那次行動稱為示威、暴動或革命，老頭則稱其為「蝴蝶革命」。總覺得老頭當時應該也在現場，但珍京並沒有問出口。她思索著：「說真的，為什麼我們做不出那種事？」

……•……

警察挨家挨戶審問後又過了一天，埋伏中的警察或許是鬆懈了，他們帶著百無聊賴的表情，開始在四處隨意走動。珍京抓著走廊的欄杆發呆，正往下俯瞰公寓。一雙纖細的腳走進珍京低垂的視線內，那雙腳的拇指上漆著天藍色的指甲油。是莎拉。莎拉用柔嫩又細長的手指握住珍京的手，珍京嚇得肩膀一縮，把手給抽開。她每次看到莎拉，心情就變得很沉重。她擁有像冰河般的白眼球，和微微發出光芒的深邃藍眼珠。她的眼睛那麼美麗，卻只有一隻。

她不是因為莎拉的眼睛才那樣，但莎拉總認為原因出在自己的眼睛。莎拉再次抓起珍京的手，說：

「道暻哥現在在我家。」

「什麼？」

莎拉壓低身子，環顧四周。

「可能因為只有一個女孩子住，他們不敢亂翻。道暻哥躲在冰箱裡。」

「他沒事嗎？」

「嗯。不過我知道，道暻哥和那個醫生有來過我們酒吧。」

珍京才鬆了一口氣，卻又立刻不安到快要發瘋。道暻勉強縮著身體躲在小小的冰箱裡，心裡都在想些什麼？珍京緊握莎拉的手。

「你之後別再來找我。」

莎拉和珍京對視。

「姐姐，我也會害怕。」

珍京將原本扶著欄杆站的莎拉，拉到從前院看不到的樓梯那一側，然後緊緊抱住她。

「拜託你了。」

莎拉大力點了好幾下頭，便跑下樓去。莎拉天生就沒有右眼。她在六歲時獨自戴上眼罩，後來就再也沒拿下來。在她媽媽去世時，幫媽媽舉辦喪禮時，只能把媽媽的屍體留在研究所時，莎拉都沒有哭，因為她怕弄溼了眼罩。

公寓內外有很多人喜歡莎拉，但她全都拒絕了，因為她喜歡珍京。不過珍京不知道莎拉的心意，也不瞭解自己的心意，於是就在不知情的狀況下擁抱了莎拉，拜託她照顧道璟。

二一四號，莎拉

莎拉工作時絕對不喝酒，但奇怪的是，那天白蘭地的味道一直在鼻尖徘徊，久久不散，那是她喜歡的那款白蘭地。聽說在製作過程中都沒有添加焦糖，單純用橡木桶儲藏熟成。因為它帶有奇特的香甜果香，所以莎拉經常拿來製作雞尾酒。她推薦給熟客後反應很好，所以老闆又多訂購了幾瓶。她將酒倒入小酒杯後緩緩飲下，嘴唇和舌頭逐漸浸溼，清爽香甜的滋味在口腔裡散開。莎拉心情愉悅地一小口一小口啜飲，不知不覺中酒杯裡的酒已少了一大半。

「今天有什麼事嗎？」

老闆問道。她原本一直裝作沒看見，發問時也沒將視線轉向莎拉。什麼事都沒有。明明沒事，卻莫名地浮躁不安，莎拉自己也覺得很奇怪。她回答時故意笑得很誇張：

「什麼事都沒有啊。難道會有什麼事發生？如果是那樣，真希望是好事。」

老闆聽了莎拉的話後，突然想到什麼似的說：「啊！對了。」然後從架子下層拿出一個紙袋。

「我看到這件衣服掛在櫥窗，覺得很漂亮就買了。不過我穿起來太緊，不方便活動，你穿好像剛剛好，你要嗎？週一就拿過來了，結果我一直忘記。」

那是一件連身洋裝，乍看之下雖像是襯衫，卻是裙長至膝的連身裙，只有肩膀的部分有摺角，裙襬則整個往外散開呈A字型，看起來不是那種有尺寸限制的設計。老闆只比莎拉高一點，體型也差不多。莎拉很清楚老闆帶著什麼樣的想法買下裙子，又為何要對她多做不必要的說明。曾經有人用同樣的理由送她香水、唇膏、鞋子和包包等，而且那些幾乎都是全新的。

「謝謝。看來真的是因為有好事要發生才會這樣。」她開心地收下，看起來既不覺得有負擔，也全然不尷尬。「要明確表達謝意」，這是莎拉有過幾次類似的經驗後下的結論。她心想明天一定要穿這件連身洋裝來上班。心情變好後，她不小心又喝下一杯白蘭地。

因為沒什麼客人，所以莎拉稍微提早下班。她本來想說終於可以好好睡一覺，但或許是亂喝酒的緣故，此刻反而了無睡意。她一直睡了又醒，感覺快要入睡，卻突然清醒過來，後來快睡著時，又再次驚醒。莎拉打算喝個爛醉，起身要打開冰箱，卻聽見大門發出哐噹哐噹的聲響。是風吹的嗎？過了一會，她清楚聽見叩叩的敲門聲。莎拉僵在冰箱門前。叩叩的敲門聲再次響起，她彷彿聽見人的聲音。

「搞什麼鬼！」

她本來想問是誰，後來改變心意出聲大喊。一個細微又飄忽的聲音，如風拂過一般輕輕回答：

「幫我開門。」

那是道暻的聲音。莎拉以跪姿快速移動到門前，再次確認：

「請問是誰？」

「我是道暻。」

珍京的弟弟，他和秀一起住在七樓。他們那樣算是同居嗎？準確的說，應該是秀經常去道暻的家住。

當她聽說有一對姐弟住進七〇一號房，而且姐姐三十歲，弟弟二十五歲時，她連問了兩次「真的嗎」。房子裡只有一個小房間，和一個附有小陽臺的客廳兼臥室。對姐姐和弟弟來說，應該都有些不方便才對。兩年後，當她聽說弟弟道暻和為小孩治療的醫生住到一起時，連問了四次「真的嗎」。

城鎮的居民不用額外支付醫療費。不過醫療保險費屬公共費用之一，金額相當驚人。有些人因為遲繳保險費，財產被扣押而破產，有些人則因為付不起保險費，主動放棄居民資格。若沒有保險號碼，就無法在醫院掛號或去藥局買藥。因此，公寓的人僅靠超市販售的那幾款止痛劑來治療所有的病痛。就連被凸出的釘子劃到，或被蟲子咬到這種小傷，都會讓他們生重病。生病、受傷，彷彿是他們無法抵抗的沉重命運。

小孩子特別容易生病。衛生局會定期到公寓確認嬰兒的健康狀態，為他們進行必要的疫苗接種，不過除非是特別緊急的傳染性疾病，否則就算小孩生病或受傷，也不會幫忙治療。

一般的醫生會盡責地為孩子們聽診、驗血並進行深入的健康檢查，然後親切地說明孩子罹患什麼疾病，應該如何治療後就離開。只有一位醫生會為狀況更嚴重且急迫的孩子治療，那名醫生就是秀。

莎拉記得他們初次來酒吧的那天。秀走在前面，她使勁但緩慢地推開酒吧沉重的玻璃門。秀環顧酒吧內部，神態自若，然後往所有客人都偏愛的靠窗座位走去，有個人低著頭緊跟在她身後。那個人穿著一雙很眼熟的運動鞋。鞋子應該是人造皮製成的，但因為顏色褪得很自然，看起來反而顯得高級。那的確是綁著鞋帶的運動鞋，而不是搭配西裝的皮鞋或靴子，材質卻是皮革的，不過看起來也不奇怪，所以讓莎拉印象很深刻。提到道暻時，她總會先想起運動鞋，這就是那雙運動鞋。

他們面對面在小桌子前坐了下來。因為道暻實在把頭低得太低，所以莎拉一度很猶豫要不要裝作不認識，但她又不能不去點餐。那時，道暻轉頭往莎拉的方向看，輕輕揮動左手。彷彿在跟她說「是我，是我啦」。莎拉像接待其他客人那樣幫他們點餐、幫他們送酒和飲料。道暻只用眼神和她打招呼，並沒有特別問候或是把秀介紹給她。秀的頭靠在伸直的右手上，整個人幾乎趴倒在桌上，而道暻則是握住秀的右手。幾乎都是道暻在說話，秀聽他講話的時候，偶爾笑到肩膀都在抖動。

他們第三次來酒吧後，秀也會用眼神和莎拉打招呼。莎拉會讓他們品嚐新研發的雞尾酒，有時也會一起坐下來聊聊天。有一次秀講了前男友的壞話，她說那個男人毫無準備就赴約，所以秀得要獨自苦惱要去哪裡做什麼、吃什麼。道暻說他可能知道那個男人為什麼會那樣。

「因為你太有主見了。我們現在也是，你一定要做的事、一定要去的地方、一定要吃的東西實在太多，結果幾乎沒有順著我的意思過，不是嗎？」

「所以你覺得是我的錯？」

「比起說是你錯了，今天也是你說要來這裡，我們才來的。」

「哈，真搞笑。一開始說要來這裡的是誰？是誰說這裡最舒適？」

他們無視一旁如坐針氈的莎拉，提高音量吵起來，後來道暻一道歉，兩人又立刻握住手，甜甜蜜蜜地聊起其他話題。莎拉覺得這一切都很新奇，不論是他們在對話中提到前男友，或是把她晾在一旁吵起來，又或是簡單一句對不起就和解。他們真是一對奇怪的情侶，一對既奇怪又登對的情侶。

那天晚上敲莎拉房門的只有道暻一人，道暻拜託莎拉幫他藏匿，莎拉沒問他是什麼事就讓他進來了。他是不是又殺了誰？雖然莎拉覺得有可能是那樣，卻也沒因此害怕道暻。

⋯⋯●●●●⋯⋯

莎拉的媽媽——蓮花，是城鎮原來的居民，她在城鎮獨立時沒有取得居民資格。蓮花當時二十歲，雖然不是學生，但也不是在公司上班的上班族。她大學入學考試沒考好，之後也輾轉換了好幾個打工。城鎮獨立的時候，她正在重新準備入學考試。她上午在便利商店打工，下午在服飾店打工，到了晚上便趴在攤開的書上，光是睡覺。雖然她想辭掉一個打工，但若想貼補家裡的生活費，又想賺取自己的零用錢，實在是沒辦法減少工作。雖然她只是個打工族，但卻比任何人更努力的度過每一天，就在那時，城鎮宣布獨立，開始實施居民許可制度。

蓮花的家人都沒取得居民資格。蓮花的爸爸變成Ｌ２，原本在物流公司的工作變成兩年的約聘制，月薪也減少了將近一半。她爸爸撐了又撐，終究堅持不下去而向公司請辭，並且為了找新工作而離家。同樣變成Ｌ２的蓮花，難以獨自照顧兩個年幼的弟弟，她硬撐到後來，不得不將弟弟送到育幼院，然後吃力地繳房租，獨自住在過去和家人一起住的、大到難以負擔的房子。因為她覺得至少要有個家人能回來團聚的地方。然而，變成Ｌ２之後，蓮花經常因為上班沒化妝，或是沒有先和上司打招呼等匪夷所思的理由被公司解僱。她持續拖欠房租，後來只好離開家，住進薩哈公寓，與爸爸的聯繫就此中斷，也幾乎無法再去探望弟弟。

蓮花好不容易到大型醫院的廚房上班，卻再次被解僱。解僱的理由是因為她住在薩哈公寓，Ｌ２是無法入住員工宿舍的。雖然醫院說只要她找到更乾淨且安全的住處，隨時都能重新雇用她，但她沒工作也沒錢，根本找不到乾淨又安全的住處。

蓮花無處可去也無事可做，她下樓走到公寓前院，坐在嘎嘎作響的蹺蹺板上。淚水突然奪眶而出時，她用手掌包覆臉龐哭泣，那時管理室的男子緩緩走過來，坐在對面的蹺蹺板上。蹺蹺板彷彿要斷裂似的，發出「嘎」的一聲巨響，然後瞬間往對面傾倒。蓮花沒有握住把手，嘣地往上一彈，整個人晃來晃去。管理室男子的塊頭很大，左右五官非常不對稱，看起來很詭異，他露出一個與外表不相符的淳樸笑容。

「這裡有就業輔導所，就在馬路對面最高那棟樓的停車場。」

「什麼？」

「公寓的人大部分都是經由所長大嬸的介紹找到工作的。雖然都是些辛苦的工作，但會用像我們這樣的人。如果你真的很急，可以去那裡看看。」

蓮花並沒有點頭。雖然她心裡已經打算要過去看看，卻沒點頭。後來她都在所長大嬸介紹的地方工作，短的時候一天，通常是做一週，長的時候則做過幾個月。蓮花做的大多都是計算物品的數量、包裝商品、拆除包裝、整理、打掃、消毒、倒垃圾等一類的工作。不過她偶爾也會穿漂亮的衣服，站在活動會場的入口招呼人群。那種類型的工作輕鬆很多，以時薪來計算時，薪資也比較高，但大部分是臨時的工作，僅做幾個小時就結束，沒辦法當作穩定的收入。

蓮花越工作越辛苦，不僅存不到錢，與家人重逢的路途也越來越遙遠。蓮花本來打算努力工作存錢，學習技術後考取證照，然後成為城鎮的居民。她還想尋找父親，再次將兩個弟弟帶回家。然而，即使她不分晝夜地工作，帳戶裡的餘額依然沒有增加，而且她做的事和取得證照或工作技術毫無關係，盡是些簡單的工作。她延長Ｌ２的滯留期間後，重複度過同樣的生活，再這樣下去，不要說成為居民，她可能連Ｌ２都當不下去。

想到家人時，她也不再有眷戀之情。唯有對父親的埋怨，以及不斷加深的罪惡感和贍養弟弟的壓力。她沒什麼特別突出的才能，也不能說她已經拚了命生活，但大致上來說，她確實非常努力。那麼至少她不該像這樣被逼到懸崖邊才對，不是嗎？蓮花對這一切厭惡至極。

事情發生在聖誕節前夕的某個夜晚。那年冬天特別寒冷，當天從上午開始天氣就陰陰的，雲朵也越來越厚，彷彿立刻就會下雪。蓮花穿著短裙，在剛開幕的餐廳前站了兩個小時，一邊發抖一邊招呼客人。她回到家時，心想今年說不定會是白色聖誕節，接著又想，不管是不是都和她沒關係，便蓋上被子睡起覺來。當凍僵的身體慢慢變暖，正要入睡時，忽然有人砰砰砰大聲敲門，是管理室的男人。蓮花沒有開門，她蓋著被子大聲問他有什麼事。那男人說就業輔導所打電話來，似乎是急事，要她趕快下樓。

在電話的另一頭，所長說大規模的聖誕派對在找廚房的工作人員，而且派對就辦在明天，她還說之前蓮花做過那家活動公司的工作，他們特別指定要找蓮花。

「為什麼偏偏是我？」

——對啊，你又沒有特別能幹。可能就是喜歡你吧！找你的人才知道。

蓮花突然想放下一切，所以她回答說不想做。她不想做，她什麼事都不想做，還要所長不要再聯絡自己。所長聽了之後，不禁感到荒謬而笑了出來。

——你想餓死嗎？

「乾脆餓死好了。再怎麼努力做所長介紹的工作，也只是累壞身體罷了。如果不是能改變人生的事，就不要再聯絡我了。」

蓮花搶在所長前掛掉電話後，走出管理室。她爬上樓梯時心想，不管是餓死還是累死，對她來說都一樣。她再次鑽回被窩弄暖身體，那瞬間就像是天國。

不久之後，所長向蓮花提出一件真的能改變人生的事。那就是結婚，而且是和城鎮的男人結婚。女性和擁有居民身分的男人結婚後，只要那男人為她擔保，她就能取得居民資格。城鎮男人想結婚卻結不成時，最後幾乎都會選擇這個方法。只要是擁有居民資格的男人，不論是在經濟方面還是在社會方面，都很有能力。他們大多是年紀過大，或是在外貌、健康方面有致命的缺陷，又或是家庭文化、居住環境和期盼的結婚型態遠遠脫離常軌。雖然就業輔導所都會美化他們，說他們是工作忙碌錯過結婚的時機，又或是太內向交不到女友等等，但實際上那種男人連一個都沒有。

所長介紹給蓮花的男人年紀很大，已經六十八歲。他的妻子在一年前離世，而獨子也成家另居了，他們父子倆的關係不太好。所長在介紹的同時，把一張大約是十年前拍的照片推到蓮花面前給她看。

「我其實也不太喜歡，是因為想起你講的話才問你的。總之如果要錢，他多的是。他現在自己一個人住在皇家別墅，他說死後連一毛錢都不會留給兒子。他想要和一名善良又溫馴的女人結婚，而且死後打算將遺產全數留給那個女人。我跟他見過後，覺得他很普通。雖然對你來說，年紀大可能不是件普通的事。我已經跟他約好，會陪你一起去辦結婚登記，然後提交身分保證書。如何？你要跟他一起生活嗎？」

「現在就要決定嗎？又不只是跟他見面，而是要決定要不要一起生活。」

「你想先跟他見面，然後一起吃飯、看電影、牽手嗎？你是打算談戀愛嗎？戀愛談到一半那老頭就會死。你看錢就好。你現在只要決定要不要和他一起生活。還需要見面後再決定嗎？就算見了很多次，你也不可能會喜歡上快七十歲的老頭。」

蓮花想起自己的爸爸，那時她爸爸大概是五十幾歲。以前比較早婚，如果爺爺還活著，應該是八十歲左右……蓮花正在屈指計算三個人的年紀，這時默默看著她的所長說：

「不要計算那男人比你爸爸大幾歲，又比你爺爺小幾歲。反正你們彼此都沒見過面，算到後來只有你的心情變糟而已。」

要改變人生似乎真的只有這種方法。蓮花苦惱了一會後問：

「最糟糕的狀況是什麼？」

「誰知道。可能是老頭把你殺了？不過他是合法投資後才變有錢的，並沒有和那種亂七八糟的人混在一起。」

「那麼可能會發生的最糟糕的狀況是什麼？」

「可能是你自己心裡接受不了？很討厭和老人一起生活，老人越是說你很好很漂亮，你越覺得噁心又討厭。如果你真的過不下去就逃跑。我沒什麼好為難的。雖然我不會幫你藏身，但也不會責備你。不過你就會變成薩哈，連L2都不是。」

蓮花說她要結婚。就算發生最糟的狀況，也不比現在差。回想起來，她從沒選擇過較有利的一方。她想起自己總是在失去，於是選擇了失去比較少的一邊。這一切都是她自己的選擇，所以她要為結果負起全責。

結果和所長預料的完全不同。起初年長的丈夫很愛這個年幼的妻子，非常愛她。蓮花在採光極好的房子裡，吃著香氣迷人的美食，穿著柔軟的衣服，蓋著潔白的被子入睡。但是蓮花必須每天把窗戶擦拭乾淨，一點汙垢都不能殘留；料理時要保留食材原始的味道；還要按照正確的洗滌方式洗衣服，保持衣物柔軟的質感，而且寢具每四天就要清洗並熨燙。丈夫總是對蓮花嘮叨個不停，說這房子、衣服和被子等所有東西往後都會是她的，所以要更珍惜、更愛護並妥善管理。蓮花覺得這房子變成自己的那天實在遙遙無期，老實說她覺得那天永遠都不會來。丈夫比蓮花更有活力、更健康。丈夫在白天干涉她做的每件家事，讓她難以呼吸，到了晚上則無法克制旺盛的性慾，不斷折騰她。蓮花雖然很討厭丈夫，還是忍了下來，她不想再回到骯髒、寒冷又不安的過去。然而，過不了多久，丈夫明顯對蓮花感到厭倦了。

某天傍晚，夫婦兩人並排坐在沙發上喝茶，窗外的天空有一抹細長的飛機雲。小時候小弟看著那個說是雲，大弟卻說是飛機排出的煙，兩個人為此爭執不已，後來一起跑來問蓮花答案。蓮花其實不太清楚，只是根據自己的想法回答說那是雲，結果小弟得意洋洋地取笑哥哥。大弟後來發現自己才對的時候，有好一段時間都對蓮花心存芥蒂。蓮花突然想起這段故事，便說給丈夫聽。她提到弟弟們應該早就從育幼院出來，還說他們現在應該像自己以前那樣，做著危險的工作，惶惶度日。丈夫本來靜靜地聆聽，後來他坐直上身，盯著她的臉看了許久。

「你的目的就是這個？」

蓮花沒有回答。同樣問題丈夫又再問了兩次，但蓮花兩次都沒有回答，結果她第一次被丈夫打。蓮花走到廚房，把墊在湯匙下的小張格紋餐巾紙拿出來摺成紙鶴。那個餐巾紙的材質特別厚實，所以只要小心摺，就可以摺出自己想要的造型。後來蓮花每次挨打都會摺一隻紙鶴。有時一天只摺一隻，有時一天摺了三、四隻。她將摺好的紙鶴擺成一列放在窗臺上，然後在她擺滿一百隻紙鶴的那天逃離了丈夫。

蓮花這次去的地方，依舊只有薩哈公寓。雖然二一四號依然空著，但她這次沒去二一四號，而是跑去躲在管理室內，真的徹底躲了起來。公寓的住戶互相問蓮花是不是回來了，為什麼二一四號一直空著，有沒有人看見蓮花，但都沒人點頭，四季就那樣更迭了三輪。當蓮花的丈夫和丈夫派來的人不再造訪時，她重新回到二一四號房。那時她的肚子已經大了起來。蓮花說那是前夫的孩子，還說她要在公寓裡獨自生下孩子、獨自扶養。莎拉就那樣誕生了。沒有人刻意倒推日子，猜測孩子的爸爸是誰並說三道四。

前院整個一團糟。

「媽的！已經好幾天沒休息了！」

年輕的警察們故意要講給別人聽似的口出惡言，隨手把花子奶奶種植的萵苣、小黃瓜和番茄摘去吃，或丟在地上踩。他們不管周遭有沒有人，上衣脫了就在供水處沖涼，還用手指稍微抵住水龍頭，把水沖到別人身上，互開玩笑。有的人被水柱打到時哈哈大笑，有的人則是皺眉頭或惡言相向，一腳踢倒水桶。

莎拉像往常那樣，在去酒吧的路上為貓咪準備食糧。她確認碗是空的之後，分別將飼料和水倒進去。日頭變長後天還太亮，而且公寓裡有很多陌生人，這讓莎拉很掛心，邁不開步伐。她稍作停留，站在管理室屋簷的陰影下等貓咪過來。

喵咪很清楚放飯的時間，牠微微將頭從A棟後面探了出來。喵咪絕對不會翻垃圾桶裡的東西，也不會吃剩飯，牠應該餓了很久，卻沒有急著跑出來。牠用三隻腳一拐一拐地走來，但牠伸直的腰和尾巴呈現出優雅的曲線。喵咪路過廚餘桶，然後經過公寓住戶停放腳踏車的後方，最後走過管理室前面的椅子。

喵咪把鼻子埋進飯碗裡嗅一嗅，然後像在打哈欠那樣，張大嘴巴又合上，接著轉頭環顧四周，牠的目光對上莎拉，莎拉緩緩眨眼，和忽然挺直身軀的喵咪打招呼，喵咪像幼貓那樣「喵」一聲回應之後，開始吃飼料。那時有某個東西以駭人的速度朝喵咪飛來，打中牠唯一隻前腳。喵咪發出慘叫聲猛地跳了起來，往B棟的方向逃跑了。

「臭野貓！」

兩名警察追在喵咪身後，持續朝牠丟石頭。莎拉發瘋似的跑上去，抓住其中一個人的手臂。

「請住手！」

手臂被抓住的警察，緩緩轉頭看向莎拉。

莎拉一鬆手，警察便把手伸向她的眼罩，當她拍掉那隻手時，警察勾起嘴角笑了。

「喂，獨眼怪，那隻跛腳貓是你的？」

莎拉沒有回答，正打算轉身時，警察緊緊抓住她的手臂，又長又黑的指甲掐進她白皙的上臂。

「你不回答嗎？我在問你是不是那隻臭貓的主人！」

他們的目標轉移了。另一名警察把原本握在手心裡轉來轉去的兩個小石子啪一聲丟在地上，站到莎拉面前擋住去路。雖然莎拉試圖從兩個人中間脫身，但她贏不過年輕男子的力氣、氣勢和體力。其中一名警察將右手的四隻手指併攏，遮住自己的右眼，說：

「你就是在後巷的酒吧工作的獨眼調酒師吧？你可有名的咧！聽說你只會在床上讓人看你那隻爛掉的眼睛？也讓我看看那隻了不起的眼睛吧！」

他一說完，站在莎拉身後的另一人便用一隻手臂環住莎拉的脖子，然後另一手抓住她的下巴。莎拉就算放聲尖叫、用力掙扎，還是無法掙脫。站在她對面的男人，將臉貼近她的眼睛，她假裝往男人的方向跌倒，然後用力咬了男人的肩膀。當男人摸著自己的肩膀發出慘叫時，老頭用更高的音量大喊：

「住手！」

老頭手上拿著老舊的大布袋和生鏽的夾子，從A棟的地下室跑出來，結果他的腳踩空，整個人滑倒在地，又再次大喊：

「我要叫人過來了！馬上住手！」

住戶本來只是隔著窗觀望，不敢出來干涉，他們聽到老頭的話後，一個一個站出來幫腔。「那邊的，該停手了吧！」、「警察這是在做什麼？」、「你們這樣做對嗎？」公寓的住戶團團圍住莎拉和兩名男子，老頭跌倒時，手在地上磨破皮，沾滿血和泥土，他用那隻手抓住莎拉的手腕，把她拉了出來。即使淚水弄花了妝，整張臉狼狽不堪，莎拉還是把歪掉的眼罩扶正，環視圍繞在前院的人們。她沒看見珍京的身影，失落和安心頓時混雜在一起，讓她的心情變得複雜。

莎拉工作時一直無法進入狀況。她從杯架上取下高腳紅酒杯時，杯子突然變得軟綿綿的，從她的指尖流了出去，掉在地上發出哐啷的巨響，摔成碎片。莎拉愣愣地望著碎掉的酒杯，在公寓裡感受到的恐懼如餘震般湧上心頭。

莎拉取得老闆的諒解後，比平常早一點下班。時間還沒過午夜，管理室的燈卻關著，老頭不見蹤影，也沒看見白天到處亂晃的那些警察。公寓就像是戲劇開演前的舞臺那般，非常昏暗且安靜。莎拉有不好的預感。她抬起後腳跟，輕聲地移動腳步時，突然有人從她身後快速靠近，摀住她的嘴巴。耳邊傳來溫熱的氣息，後頸則傳來金屬的冰冷觸感。一個熟悉的聲音說：

「我一定要看到你這臭娘們的眼珠。」

莎拉被身後催促的聲音推著走，跟在後面的腳步聲錯落響起，她身後有兩個人。每當莎拉掙扎時，貼在後頸上的金屬就會一點一點扎入脖子。他們看似定好了目的地，途中全然沒有猶豫或徘徊，迅速移動腳步。莎拉似乎也知道自己正往哪裡走。警察當作宿舍用的一〇一號房一直都是開著的，而且那裡通常沒有人。

莎拉被拖往一樓的走廊。原本跟在後面的男人走到前頭，和她預測的一樣，那男人握住一〇一號的門把，慢慢轉開。生鏽的大門打開時，發出尖銳的金屬聲，門內一片漆黑。黑暗就像是活著的生命體，對他們張大漆黑又巨大的嘴巴。莎拉彷彿被掐住脖子一般感到呼吸困難，她感受到死亡的恐懼，這既非隱喻也不是比喻。她的後腳跟施力將自己撐住，這一動稍微牽動了男人抵在她後頸上的刀。銳利的刀鋒瞬間劃開皮肉，她彷彿遭電擊一般抖了起來。男人轉過身拖著莎拉，倒退走進房內。

莎拉被扔到地上，大門「碰」的一聲關了起來。男人將手上的刀放在褲頭上抹一抹，低聲說：

「哎呀！沾到血了？是在哪裡沾到的呢？」

男子舉起刀走向莎拉時，大門突然打開，光線隨之照射進來，亮到眼睛都睜不開，那應該是手提照明燈。不管那道光的主人是誰，莎拉都無所謂，她在男人們驚慌的瞬間，閉上眼睛往大門跑去。

「是誰！給我關燈！」

燈光依言熄滅了。一個巨大的影子輕盈且快速地奔向男人，不像那偌大的體積那般笨重。「咚」地一聲鈍響，和「哐啷啷」金屬碰撞的清脆聲音同時響起。影子抓住男人的手腕一扭，他手上的刀便掉到地上。另一個男人猶豫了一會後，往掉在地上的刀跑去。影子還緊抓著方才持刀的男人手腕，同時又對跑過來要撿刀子的男人踢了好幾腳，重擊他的手腕和胸口。影子用雙手同時揪住兩個男人的領口，將他們往牆壁上推，男人的背撞到牆上的開關，客廳的燈瞬間亮了。兩個男人的臉都漲紅到快要爆裂，黑眼珠也慢慢開始往上翻，讓人聯想到溺死的屍體。莎拉大叫：

「姐姐夠了！」

那是友美，她輪流看著兩個男人的眼睛，一字一句清楚說道：

「你們知道這棟公寓為什麼沒被拆除嗎？因為這裡住了怪物。我，就是，那個怪物。如果再發生這種事，到時，我就會讓你們見識真正的怪物。」

友美把兩個男人甩了出去。男人縮著身子在地上滾來滾去，咳個不停時，聽到尖叫聲的珍京也跑到一〇一號來。她看到莎拉用雙手摀著脖子渾身發抖，而友美則是緊握拳頭坐在地上。珍京分別看了兩人一眼後，先把友美扶起來，問：

「沒事吧？」

友美沒有看向珍京，只是輕輕點頭。莎拉突然哭了起來。若是以前的莎拉，她肯定會說還好只有這樣，然後真心道謝，並說自己沒事。她出生時只有一隻眼睛，十二歲時媽媽去世，十七歲開始就在酒吧工作。莎拉異常輕鬆地接受了煎熬的人生，她從不抱怨也不後悔，有時甚至還很感謝。

對於生長在薩哈公寓的莎拉來說，世界就只有那麼大，只有那點光、那種樣式，難易度也僅止於此。然而，最近莎拉開始看見外面的世界，開始對過去覺得理所當然的事情感到憤怒和委屈。莎拉舉起左手擦去從左眼流出來的淚水。友美問：

「你還好嗎？」

「我以後不要再像蚯蚓、飛蛾或仙人掌那樣只是活著，我想要活得很好。姐姐對不起，我今天一點都不好。」

莎拉講的話扎入友美的心臟，她覺得胸口刺痛難以喘息，便慌忙轉過身背對她們。直到友美搖搖晃晃地走進花子奶奶家的大門後，珍京才走向緊咬下嘴唇、渾身顫抖的莎拉。她有話要說。她想跟道暻說，要他再忍耐一下，她現在在找其他能藏身的地方，所以想叫道暻再等一下。傳紙條太危險，打電話給莎拉或特別去找她，也讓珍京覺得不安，所以她整天都在等待能偶然遇到莎拉的機會。結果卻是在這種狀況下遇見，而且她還先關心友美。她開不了口，只是緊緊抓住莎拉的肩膀。莎拉不知是在啜泣還是嘆氣，吐了一口氣後說：

「姐姐應該有話要跟我說吧？我知道，之後再講。」

珍京輕輕地把手收回來。她對自私的自己感到失望，這種心思被莎拉發現，也讓她覺得很羞愧。

⋯⋯⋯●⋯⋯⋯

整夜的騷動平息後，莎拉好不容易平復心情，在床上躺平時，已經是清晨兩點了。今年盛夏每天都在刷新最高氣溫的紀錄，奇怪的是莎拉不覺得熱，反而有股細微的顫動從胸口蔓延開來，迫使她將被子拉到脖子蓋上。她想起經過自己身旁走向友美的珍京。記憶如同融化的冰塊那般，一點一點崩塌。在她的腦海中，珍京的表情一直在變，先是驚訝，再來是慌張，然後是擔心，接著又變成不捨，那表情明顯帶有特別的情感。那是珍京對友美的心意嗎？是從哪裡來的呢？為什麼那份心意不是朝向我？

莎拉起身坐到化妝檯前。遮住右眼的眼罩，她只有在洗澡時才會拿下來，但廁所裡的鏡子已經被撤走，所以她幾乎不會看到自己拿下眼罩的臉。莎拉摸了摸眼罩，她能忍受嗎？能接受嗎？在陰森的巷子裡回頭；打開可疑的門；故意摳下尚未癒合的痂，明明知道這些事最好不要做，她卻還是想確認。

她一拿掉掛在右耳上的鬆緊帶，眼罩便往臉頰滑落。皮膚，那裡只有白嫩的皮膚，沒有任何曲線，看起來跟臉頰和額頭的肌膚沒什麼不同，很白嫩且光滑。莎拉從化妝箱中拿出眉筆，將筆尖抵在應該要有眼睛的位置。她睜大左眼並以鼻梁為中心，盡可能繪製出對稱的線條。大眼睛、多層的雙眼皮、稀疏但細長的睫毛、清晰的瞳孔。雖然她眨了眼睛，新長出來的眼睛卻毫無動靜。一個眨眼後會變得溼潤的藍色眼球，和一個永遠也闔不上的深灰色眼球。在沒有對焦的那隻眼睛睜大凝視半空的同時，另一隻眼睛緊閉著流下淚水。

貼在脖子上的ＯＫ繃滲出了血。莎拉抗議似的把ＯＫ繃撕下來，皮肉受拉扯後，原本勉強接合的傷口整個裂開來。血液從傷口尾端滴落，滴、答，一點一點浸溼襯衫。

「不是我的錯。」

她突然吐出一句話，像是在哭泣，又像是在呻吟。莎拉用手背隨意把右眼擦掉，直到半張臉都像瘀青那般暈黑，她的淚水才止住，那時她才發現道隳不見了。她猛然起身往大門走去，抓住門把正要打開時，又停了下來。她不能跟別人說，不能請求幫助。莎拉無力地癱坐在翻倒的鞋子中間。

一直到窗外開始變亮，莎拉才稍微入睡，但很快又醒了過來。她因為頭痛而到陽臺上吹吹風，即使她把玻璃窗整個打開，還是感受不到風在吹，所以她連紗窗都打開了。問題在於風向，風只是拂過窗戶，沒有吹進房子裡。莎拉覺得若讓風輕拍自己的臉龐，應該就能打起精神，所以稍微將頭往外探出去，結果就那樣跟著朽掉的欄杆一起墜落。事實上，莎拉也記不太清楚了，靠著欄杆時，她真的什麼念頭也沒有，所幸只有手肘和下巴瘀青，其他地方沒有受傷。雖然體內某處持續傳來陣陣刺痛，她還是找不到確切的源頭。

莎拉慢慢爬上七樓，敲了珍京的房門。不論她再怎麼敲都沒有回應，於是她喊了一聲姐姐，門立刻就開了。珍京看到莎拉的下巴烏青腫起，不禁嚇了一跳，正要問時，莎拉先開口說：

「道暻哥昨晚不見了。」

他是自己跑走的嗎？還是有人闖進家裡把他帶走的？什麼時候發現道暻不見了？當時房子裡的狀況如何？珍京雖然很想知道，卻問不出口。

「你呢？沒事嗎？臉受傷是因為道暻嗎？」

莎拉的視線往下，她摸摸下巴搖了搖頭。

「不是，這是我自己弄傷了。」

珍京聽了之後用指尖摩擦牆壁，莎拉呆呆看著她，說：

「對不起。」

「我才對不起，對不起……」

莎拉突然落淚，驚慌的珍京伸出手想幫她擦淚，莎拉卻反射性地將手蓋在眼罩上往後退一步。珍京更慌張地狂搖手，直說她沒有要動眼罩，莎拉也慌亂地一會摸摸眼罩，一會擦拭眼淚，然後咬著指甲，不安地說：

「我們又沒做錯什麼，為什麼要向彼此道歉？真正該向我道歉的人是誰？沒有人跟我道歉，我也不知道是誰要跟我道歉，所以我最近經常因為生氣而哭。」

珍京有錯，她覺得很抱歉，但她想道歉時，又怕會弄哭莎拉，所以只好緊閉嘴巴。

二〇一號，滿，三十年前

人們的手彼此十指交握。那天的清晨非常昏暗，連站在前面的是不是同行的人都看不清楚。不曉得月亮是不是被雲遮住了，不見蹤影，雖然偶爾能看見幾顆星星，卻也沒亮到能照亮大海。寂靜的碼頭照明昏暗，微微的光線在黑色的海面上忽隱忽現，弄濁了海水的顏色。在水面上，光芒沒有自信能明亮地反射，只是模糊地滲入海水裡。為了不與家人、戀人和同事分散，人們緊握彼此的手，猶如成群破卵而出的昆蟲或兩棲類，一同湧向模糊的光線。人們小心翼翼走在鋪有堅硬地磚的人行道上，發出細微的腳步聲，與不認識的人挨著肩膀，發出衣袖摩擦的聲音，此外還有慌張的呼吸聲，以及終究忍不住發出的啜泣聲。海邊很安靜，沒有一個孩子哭泣。

每週一清晨，一條小小的貨船都會載比貨物更多的城鎮居民，前往原生國家。他們大多已經被驅逐出境，或是肯定會被驅逐出境，其他人則是覺得自己總有一天會被趕走。唯有那艘船不需要特別的入境程序，就像搭公車到家門前、搭火車回故鄉那樣，自然的下船即可。雖然不知道城鎮和原生國家是否達成了某種協議，但每週一清晨，小型貨船都會將沒有城鎮居民資格的人，無條件載往原生國家的港口。

船一遠離碼頭，乘客就各自尋找合適的位置安頓身心。他們將身軀倚靠在高大的貨櫃箱上，難以猜測貨櫃裡究竟裝了什麼貨物。有些人抽菸，有些人哭泣，有些人給嬰兒餵奶。

在甲板上只看得見黑漆漆的大海。這群人如同被隨意丟棄的行李那般，沒有秩序地四散在甲板上，他們俯瞰清晨的大海時，難以相信自己正航行在海面上。風平浪靜的黑色大海，看起來像是一塊巨大的果凍。若把東西丟到欄杆外，似乎還會輕快的咚一聲往上回彈。然而，在平靜的水面下，珍藏數億年祕密的深海生物游來游去；沒有意識的食蟲植物張嘴尋找獵物；旋風在旋轉；火山爆發後島嶼凸起、大地分裂。平凡的人們無法測量那水深，再怎麼往下又往下，永遠都踩不到地面。

大夥開始打盹，雖然周圍稍微變得明亮，但太陽還沒升上水面。然後那艘船就那樣消失了。

許久之後，人們才知道那艘船消失了。因為乘客都是偷偷上船，幾乎沒有等待他們的家人，而且那艘船也沒有出航紀錄。在官方紀錄上，那天清晨並沒有任何船隻離港。那艘船消失時，大海很平靜，太陽正在升起。那個海域的海流並不洶湧，也沒有海賊出沒，而且再三、四個小時就能到岸。然而，那艘船卻憑空蒸發得無影無蹤。

原生國家的媒體只針對此事做了幾次失蹤報導。沒有任何證據，連一名失蹤者都沒有現身，連一個貨櫃、一塊船身的碎片，或是救生衣、救生艇、乘客和船員穿過的衣物及生活用品等，連一個都沒有浮現在海面上。每週一清晨都有開往原生國家的船隻；碼頭的照明刻意調暗；曾經有好幾雙冰冷的手緊握彼此，這些明確的事實也都漸漸變得模糊。就連原本抱有疑問的人，也將發問的對象轉回自己身上，覺得那可能只是夢或是錯覺，曾經認真質問的聲音也如謠言般隨風四散。

當一切徹底消失後，開始有人在城鎮張貼不明的傳單。在黑色的圖畫紙中央有一艘用白紙摺的船，還有一句話：「船去哪裡了？」

一開始國會前的行道樹上被貼了數百張傳單，隔天在電視局的圍牆上也貼了一整圈，再隔一天，市中心的地上也被傳單貼出了一條條導盲磚。法院、監獄、大學、碼頭……每天在新的場所都有同樣的傳單成群出沒。那些人每天晚上像游擊隊那樣四處張貼傳單，隔天早上各公家機關首先要做的就是找出傳單並撕掉。那艘船消失的謠言傳了開來，接連有人報案失蹤，人們想查出家人、朋友和同事的行蹤。雖然警察局、觀光局和原生國家的臨時大使館都為此疲憊不堪，但不論他們怎麼做，都無法找出那些人的下落。

即使加強了非法張貼傳單的處分，還是不斷有人在張貼。這是不是同一人所為？那個人是不是一開始張貼傳單的人？還是分別有好幾個人在做？又或者是一群有組織的人？在事實沒有查明的情況下，持續有人在張貼傳單。

聽說那時成立了禁止摺紙船的法案。在某幼稚園的課堂上，學童用色紙摺紙船後，貼在畫有大海的教室牆壁上，有消息指出負責該課程的教師和院長被處以罰金。教師必須說明授課意圖，但因為警察在調查過程中過於強勢，使教師受辱，導致教師自殺未遂，進了某綜合醫院，醫院的名字也傳揚開來。這些都不是事實，政府並沒有成立禁止摺紙船的法案。重點不在於這法案沒有成立，而是大家全都信以為真，不論是禁止摺紙船的法案，還是幼稚園教師被處以罰金的傳聞。

總理團代言人對外報告，禁止摺紙船的法案並不屬實，而且將會嚴懲散播傳聞的人。在同一天，最初張貼傳單的人被逮補了。犯人是一名平凡的主婦，她有一名六歲的女兒，丈夫在大學擔任行政人員，而她弟弟也就讀於同一所大學，弟弟比她小十歲。她的父母退休後，住在海外某個溫暖的國家，搭飛機過去需要六個小時。兩年前父母移民後，姐姐就一直擔任弟弟的監護人。

弟弟無法接受城鎮突如其來的變化。姐姐冷靜地安慰弟弟，跟他說以後還是住在同一個地方，和同樣的人一起度過一樣的生活，不會發生什麼事，要他別太擔心。弟弟卻絕望地低下頭，說：

「我的意思不是說好像會發生什麼事，或是有誰會來害我。我只是無法在這裡活下去。魚沒有腮就沒辦法在水裡生活，就算那個水很乾淨、溫暖又安全，還是沒有辦法，根本就無法活。」

後來弟弟就在那天的那個時間，搭上了那艘船。

問她是不是最初散播傳單的人，她說不知道。

「你自己做的事你怎麼會不知道？」

「我確實是摺了紙船貼上去，但我是不是第一個人，算不算散播了傳單，這個我不知道。我只是太鬱悶，所以在國會前貼了一個紙船，就這樣而已。」

調查員將一個摺痕老舊、破破爛爛的紙船推到那女人面前，問：

「這是你摺的嗎？」

「我不清楚。」

「是不是自己摺的怎麼會不知道？」

「有人會用特別的摺法摺紙船嗎？你去路上隨便抓一個人叫他摺摺看，摺出來都是這樣。」

看到女人發紅的手、傾斜的肩膀和氣得緊閉的嘴唇，調查員突然一陣暈眩。怎麼有辦法一副理直氣壯、無所謂的樣子？她真的不知道嗎？這裡是哪裡，現在正在發生什麼事，還有她自己會變得如何。

「船去哪裡了？搭船的人呢？我弟弟呢？為什麼你們都不說？」

「大嬸，你醒一醒。你是想要怎麼樣？」

那女人立刻被羈押，經過一審判決後，在兩個月後處以死刑。

那是個混亂不安的時期。許多市民團體持續對在城鎮發生的事提出異議，並憂心忡忡，團體的生存也因此受到威脅。當時歷史最悠久、最受人民信賴的市民團體代表慘遭暗殺，政府卻以內部鬥爭事件結案。雖然大家都不相信調查結果，卻也沒人敢質疑。後來因為一個平凡母親的死亡，人們過去強忍下來的各種念頭，都一併爆發出來。

憤怒的群眾走上了街頭，他們的內心空虛，行動也失去方向，不斷徘徊在城鎮的各處。大夥絕望、自責以及憤怒的程度和樣子很相似。同樣的情感累積起來後，像引力或磁力那樣，自然生成某種動力。心靈驅動身軀，身軀又驅動了其他心靈，沒有失去家人的人也走上街頭，這件事後來稱之為「蝴蝶革命」。

不僅是Ｌ２和薩哈，甚至連城鎮的居民也走上街頭，國會入口前的八線車道全都擠滿人潮。「公開總理團！」、「不要限制居民資格！」、「廢止特別法！」人們奮力推撞國會的圍牆。每一百人排成一列後，齊喊口號同時奔上前，用身體推撞圍牆，後面一列又接著撞上去，又一列、又一列……他們撞完後再回到隊伍的尾端，就那樣徹夜推撞圍牆。大家的肩膀都撞到瘀青，不僅國會的圍牆，就連附近的行道樹和建築物都被動搖，但圍牆終究還是沒有倒下。

夜晚過去後，絕望、疲勞和切實的痛苦交織在一起，一股頹靡的氣氛在示威隊伍內瀰漫開來。人潮明顯減少，口號失去力氣，人們跑向圍牆的速度也變慢了。那時，一輛老舊的藍色卡車開到示威隊隊伍的尾巴，從車上放下某些東西後便駛離現場。有七個做得亂七八糟的稻草人戴著面具，還有董事長和總理團代言人的照片，以及國會的模型。示威隊伍看到之後突然興奮起來，然後彷彿約好似的，快速將稻草人和照片高舉過頭往前方傳，扔在人群中央堆起來，都堆好後，人們開始點燃打火機。

一開始火沒有點著，只有黑煙如謠言那般飄散出來，後來火焰突然往上竄燒，猶如大爆炸般往人們的頭頂上竄升後又落下，然後持續翻騰延燒。不曉得是因為紙做的國會模型，還是因為稻草做的人偶，灰燼在火焰和煙霧中飄來飄去，就像是成群的小蝴蝶。

消防直升機從北側的天邊成列飛來。直升機沿著國會的圍牆慢慢繞一圈後，將水噴灑在示威隊伍的頭頂，即使那火勢並沒有大到造成威脅，他們依然採取了行動。灰燼形成的蝴蝶沾了水後，重重地往地面下沉，周圍滿滿都是黑漆漆的灰水坑。在一片混亂中，大批警察拿著粗大的警棍衝入人群。傷亡人數非常多。有一名年輕男子為了要找被警棍打飛的眼珠，而在地上不斷摸索，結果被人群踩死了。人潮四散後，學校、醫院和教會都關閉了，極其平凡的生活也崩塌了。城鎮就在那殘骸之上深深扎穩根基。

人們在說明極端的混亂、不安及恐懼時，都會用蝴蝶革命作為比喻。沒有人知道為何偏偏選了「蝴蝶」這種昆蟲。有人說因為在火焰中飄散的灰燼很像蝴蝶，也有人說因為在那天，蝴蝶翅膀的拍動，為城鎮和城鎮外的其他國家招來了颱風。

那女人成了蝴蝶革命的導火線，關於她的丈夫卻沒有傳出任何新的消息。有人說他殺了女兒後自殺，也有人說他依特別法被處刑，不論哪個說法，都不是正式經由媒體報導的內容。

在那女人被處死刑的當天，年輕的調查員在出外勤的路上遭計程車衝撞。計程車司機主張調查員蓄意衝向計程車。調查員將一隻腳踩在車道上，看起來確實是要招計程車，但他的手卻沒有舉起來，光是盯著車看，所以司機也不太確定他是否真的要攔車，所以司機雖然將車子駛往最旁邊的車道，卻完全沒有降低車速。調查員也說是他自己的失誤，因此司機並沒有受到任何處分。調查員雖無生命危險，腿部卻受了重傷，再加上沒有確實治療，導致他終生瘸腳。

……●●●●●……

有一個不會說話的男人和話很少的小女孩來到薩哈公寓。外表善良的男人敲了敲管理室的門，鞠躬打完招呼後，遞出一張紙條，上面寫著：「請讓我們住在這裡，拜託了。」與內容相比，那張紙條顯得太大張，而且可能是筆的墨水沒了，有些字的筆畫中途斷掉，看起來重寫了好幾次。男人的字跡非常工整，甚至讓人懷疑他是否學過書法，那並非只是漂亮或端正的程度，而是猶如印刷一般經典的書法名家的字體。看起來約有七歲的小女孩稱呼男人「爸爸、爸爸」，她不會只叫一次「爸爸」，她總是叫「爸爸、爸爸」。

住戶雖然召開了會議，卻難以決定是否要收留這對父女。年幼且寡言的小孩，和完全不會講話也不會手語的大人，沒辦法清楚說明他們是誰，又是為什麼會來到薩哈公寓。公寓住戶中年齡最長，身兼主委一職的二〇一號老奶奶，坐在兩人的對面，用溫和的語氣問道：

「小孩她爸，你沒有其他家人嗎？」

男人在紙上工整但非常緩慢地寫下：

「請讓我和我的女兒住在這裡，拜託了。」

「知道了，我說小孩她爸，你們只有兩個人嗎？你們家只有兩個人嗎？」

然後男人又慢慢寫下：「是的，謝謝。」他們像這樣各說各話，一來一往好幾次後，老奶奶嘆了一口氣，問小女孩：

「你和爸爸兩個人一起住嗎？」

「對，我和爸爸爸爸一起，我們兩個一起住。」

「媽媽呢？」

小女孩閉緊嘴巴。是不是一開始就沒有其他家人？之前都住在哪？之前是做什麼的？這些小女孩一律不回答。她一字一句清楚地跟別人說她喜歡什麼食物、什麼顏色、什麼歌曲，還會打拍子把歌唱出來，對稱讚她的大人道謝，也很會打招呼，但一問到她的名字，她就會閉上嘴巴，任何與個人資訊相關的問題一律不回答。女兒光是笑嘻嘻的，而爸爸光是寵溺地看著那樣的女兒。老奶奶第一次遇到不會說話的人，她不禁感到驚訝，自己活到這把年紀，怎麼會從沒遇過不會說話的人、聽不見的人和看不見的人？

公寓的人用手勢、表情和筆談跟這對父女對話很久後，清楚瞭解到兩個事實：就算他們會說話，也有不能說的理由，以及除了公寓之外他們無處可去。另外，還有幾點雖然無法肯定，但能夠推斷的是：他們性格溫和而且很可憐，就算一起住在這兒也不會招惹麻煩。於是他們拿到了二〇五號的鑰匙。

爸爸總是抱著女兒到處走。女兒又不是不會走路，爸爸還是非得要抱著她走，任憑她已經長長的雙腿在半空中晃來晃去。公寓的大人看到時總要說上一句：「為什麼要抱著長大的孩子到處走？」、「她現在也應該要自己走路了吧？」即使受人指責，爸爸和女兒還是笑得很燦爛，總是那樣一起行動。

他們經常在前院小型遊樂場的蹺蹺板上玩。爸爸讓女兒坐在蹺蹺板的一側後，站在另一側用手輕輕按壓蹺蹺板。往下壓後鬆手，再次往下壓後又鬆手，這樣反覆幾次後，若覺得女兒已經熟悉這個速度，便會稍微加快，咚咚咚咚連續往下壓。平常都只微笑的女兒，笑到上排牙齒都露了出來。接著爸爸改用腳踩蹺蹺板，發出砰砰砰砰的聲響。蹺蹺板搖搖晃晃時，女兒小小的身體也在上面跟著搖晃，還不時往上彈跳。當女兒發出格格笑聲時，爸爸也開懷大笑。

「蹺蹺板有那麼好玩？」

管理室男子經過時，丟了一句不知是稱讚還是譏諷的話。父女什麼話都沒說，只是笑得很開心。

他們也經常畫畫。女兒擁有一組專業的五十色色鉛筆，公寓裡沒人有那樣的東西。爸爸總是帶著那組色鉛筆、美術用圖畫紙、墊在圖畫紙下的堅固畫板、筆芯又黑又軟的美術用鉛筆和橡皮擦，跟在女兒身後，協助她畫畫。當女兒在遊樂場入口、石碑前面、玄關入口或前院的任一個角落找好位置坐下時，爸爸就會把美術用具擺在她前面，方便她畫畫。女兒會瞇起眼睛仔細觀察風景，然後用鉛筆測量大小。雖然她的表情看起來很專業，但繪畫實力其實跟同齡的孩子差不多。

適應公寓的生活後，小女孩的爸爸也像其他人那樣出門賺錢。隔壁房的男人介紹他去物流倉庫工作。貨櫃箱一次裝載多家廠商的貨品時，需要人力將那些貨品搬到各自的倉庫，這就是他的工作。只要將分類好的貨品載上卡車，然後再到各自的倉庫卸貨即可，不過卡車和倉庫的容量有限，所以不能隨便將貨品載上車，也不能一股腦兒隨意將貨品倒入倉庫。要像堆磚頭那樣將貨品堆得很整齊嚴密，但也必須迅速將貨品放入或取出倉庫。在身體移動的同時，還要目測倉庫裡剩餘的空間，然後在腦中估算後，選定適合的位置安放。工作結束後，不僅是身體疲憊，就連精神都恍惚不濟。

父母去工作的期間，留在公寓的小孩都由二〇一號的老奶奶和其他幾名住戶一起照顧。老奶奶主動說，身為主委收了錢卻沒做什麼事，至少要幫忙照顧孩子。不過年紀大的老奶奶要獨自照顧好幾個小孩是不可能的，所以當天沒事的人會一起幫忙餵小孩，擅長畫畫的人教小孩畫畫，擅長寫字的人教小孩寫字，擅長計算的人則教小孩算數。雖然孩子的年紀和認知能力的水準都不同，但反而能彼此照顧、和睦相處。

二〇五號的小女孩不需要特別照顧，她大多自己一個人安靜地畫畫。就算弟弟妹妹弄壞圖畫，或是折斷色鉛筆，她也不會生氣。讓她去玩時，只會在規定的範圍內玩耍，不會特別要求什麼，公寓的大人給她吃什麼就吃什麼，不會挑食。上班父親的內心和小女孩的日常都很平靜，但是意外卻發生了。那天物流倉庫的車輛特別多，所以卡車不得不停靠在比較狹窄的地方。偏偏卡車司機的駕駛技術不佳，所以女孩的爸爸只得在卡車後面幫忙看位置。雖然不會說話的爸爸敲打著卡車，還打手勢幫忙停車，但司機因為太緊張，沒有聽見聲音。原本咚咚兩下的敲打聲，突然變成咚咚咚咚咚咚，然後便不再發出聲音。

小女兒年僅七歲，沒辦法自己生活。再怎麼看，在公寓裡有時間和空間扶養小女孩的只有二〇一號的老奶奶。老奶奶覺得很為難，三〇四號龍鳳胎的媽媽出面說服老奶奶。

「大家會一起養的。我們會帶她去玩、餵她吃飯、幫她洗澡、教她寫字，全都會做的。不過孩子還是要睡在同一個地方吧！站在她的立場來想，至少要有一個能當作家人的人。」

老奶奶抬頭望向天空，低聲計算：「八、九、十、十一、十二、十三、十四……」，喃喃說道：「再過七年就行了嗎？」

「我不是怕辛苦……我肯定會先死，不是嗎？怎麼能讓她小小年紀再次經歷身邊人的死亡？」

沒有人想到這點，當大家接不上話時，老奶奶下定決心似的緩緩點頭。小女孩打包行李搬到老奶奶住的二〇一號房。在老奶奶整理房間的時候，小女孩先去三〇四號房和那對姐弟玩耍，吃他們媽媽煮的晚餐，洗好澡後再回到二〇一號房。

「以後這裡就是你家，我就是你的奶奶，我和你兩個人會一起住在這裡。知道了嗎？」

「知道了，謝謝。」

就算她沒吵著說不要和不認識的奶奶一起住，就算她沒哭著說想念爸爸，也不用說謝謝的。小女孩實在太懂事，反而讓老奶奶很難受。老奶奶把公寓住戶買來的新衣服和被子攤開來給她看，她便把其中一件綠色背心拿走，臉埋進去嗅聞衣服的味道，顯得很開心。孩子果然還是孩子啊，老奶奶稍微感到放心。

奶奶擔心小女孩在陌生的地方睡得不好，也擔心自己身上發出怪味，心煩到難以入睡。她盡量不讓被子發出沙沙聲響，小心翼翼轉過身一看，小女孩已經張大嘴巴睡著了。奶奶那時才放鬆下來，產生睡意。在夢中，她手裡抱著的小孩還是小狗，一直要從懷裡滑出去掉到地上，當她認知到那是夢時，瞬間睜開了眼睛，那時耳邊傳來啜泣的聲音。小女孩轉身背對奶奶躺著，她小小的肩膀不停地顫抖。老奶奶半撐起身來，靠過去一看，小女孩正用雙手摀住嘴巴哭泣。看那麼小的小孩哭得那麼傷心，奶奶抱住她後不禁也跟著一起落淚。

小女孩似乎在奶奶的懷抱中再次入睡。過了一會後，她輕輕睜開眼睛，伸手撫摸奶奶的臉龐，說：

「我的名字叫『滿』。」

「很漂亮的名字呢。」

「謝謝。爸爸叫我不要跟任何人說，他說講出去就會出大事。但現在沒有任何人知道我的名字，所以我只跟奶奶說。奶奶，我的名字叫滿，我們獨處時，您偶爾可以叫我的名字。」

「知道了，滿，現在很晚了，趕快睡吧，滿。」

「謝謝。」

小女孩眼睛緊閉時，可以看見她的眼球在薄薄的眼皮下一直轉動的模樣。奶奶覺得她不要再講「謝謝」這句話會比較好。

老奶奶在七年後離世，留下滿一個人，她已經盡力了。前一天晚上奶奶和滿兩人並排躺在地上入睡，隔天早晨奶奶卻沒醒來。雖然奶奶的臉龐一如入睡時那般祥和，但滿立刻就知道奶奶已經死了。她不慌不忙地走到一樓，告訴管理室的男子。正如老奶奶擔心的那樣，滿在小小年紀又再次經歷死亡。滿出乎意料的堅強，她反過來安慰太過抱歉而不知所措的大人，還說她要獨自住在和奶奶一起住過的房子裡，滿說她做得到，而且她想那麼做。二〇一號原本是老奶奶的家，後來變成奶奶和滿的家，現在又變成滿的家。

滿不覺得孤單或害怕。每當在家裡的各處發現被奶奶藏起來的、意想不到的物品時，她都覺得很開心。在廁所收納櫃的深處，發現奶奶每次去公共廁所時偷藏起來的衛生紙團時；在廚房的櫃子裡，突然找到裝滿鈕扣的玻璃瓶時；還有發現一堆外送的傳單時，滿都會笑出來。奶奶一次都沒叫過外賣。當滿在寫有奶奶歪斜字體的記帳本上，看見「滿這丫頭昂貴的冬天夾克」這一條時，笑得最厲害。當她發現一次都沒用過的全新湯匙套組、手帕和唇膏時，覺得有點可惜。她心想只要一年就好，不，只有幾個月也好，如果能繼續像這樣，突然撞見奶奶留下的痕跡該有多好。

滿在二〇一號房長大成人。

二〇一號，利亞

利亞在夏末時消失了。

陽臺的窗戶平常一直開著，但到了晚上就會一個個關起來。白天依舊炎熱，不過一到清晨，就得把捲收在腳邊的被單蓋到肩膀的高度，才能再次入睡。利亞一直到春天都還穿著冬天的厚夾克，夏天來臨後，他總是穿著有破洞的短袖上衣，和媽媽長度及膝的舊短褲。利亞一年四季都穿著鞋底嚴重磨損的橡膠拖鞋，而那頭沒整理好的及肩長髮則是自己剪的。

利亞剛滿周歲時，胎毛長到刺進眼睛，於是利亞的媽媽帶他去給A棟的美髮師剪頭髮。利亞有雙下巴，短短的脖子和圓滾滾的肩膀，整個人使勁坐得直挺挺的。美髮師小姐覺得他很可愛，輕輕捏了捏利亞的臉頰。利亞受到驚嚇後，瞳孔往邊緣擴張，猶如在黑暗中才有的反應。他的視線朝向窗外的某處，既沒有看向媽媽，也沒有看向美髮師。利亞很快就學會說話，不過即使他已經會說媽媽、水、麵包這類的單詞，直到頭髮剪完之前，他始終沒有出聲叫媽媽。

如灰塵般在空中灑下的水滴，往四方散去後落在利亞細細的髮絲上。美髮師稍微梳理過利亞的劉海，然後用細長又白皙的手指握住發光的銀色剪刀，伸手貼近利亞的額頭。剪刀一碰到額頭，利亞便發出尖銳的叫聲，實在難以相信那是人發出來的聲音。那聲音拉得很長，猶如在懶洋洋的午後響起的故障警笛聲。說那是哭聲或是刺耳的叫聲，都不足以形容。後來只要遇到美髮師，只要媽媽拿著剪刀靠近，利亞就會發出同樣的叫聲，所以媽媽只好把他的頭髮綁起來。利亞從七歲開始自己用剪刀剪頭髮，不過總是剪得亂七八糟。

利亞像媽媽一樣個子很高、腿很長，乍看之下不像十歲的小孩。利亞的打扮讓人猜不透現在是哪個季節，他的眼睛被頭髮遮住而看不見，走路時總是拖著腳跟、搖搖晃晃，拖鞋似乎快掉下來，整個人也一副快跌倒的樣子。利亞就算被嚇到也不會叫出聲，有人叫他也不會回應，即使知道也不開口，卻會突然插入別人的對話，糾正錯誤的用字，或是重組對話中的單詞並造出新句子，然後再反覆唸出來。當其他小孩在公寓的讀書室跟老師學寫字和算數時，只有利亞獨自一人坐在角落讀書，或是在牆上塗鴉後一聲不響地跑走。利亞的媽媽拜託老師裝作沒看到。

雖然薩哈公寓的人看到利亞像被汙染的髒水那樣，渾身髒兮兮的到處亂跑，都覺得他很可憐，卻假裝沒看見。即使利亞突然跌坐在地上，也裝作沒看見；即使他把地上的東西撿起來吃，也裝作沒看見；即使他推開沒上鎖的門走進來，也裝作沒看見；即使他從深夜的巷子裡突然跑出來，也裝作沒看見，他們覺得這是一種體諒。當利亞的媽媽在白天拉上比黑暗更厚重的窗簾，熟睡到猶如昏厥過去時；當媽媽以疲憊不堪的身軀，在晚上奔波於各個夜店時，利亞都盡情地在薩哈公寓的內外跑來跑去，直到媽媽準備好的飯菜都放到冷掉、失去水分。

體諒很快變成了漠不關心。

利亞的媽媽塗在嘴唇上的粉紅色粉末暈染到鼻梁，在她油亮的臉蛋上，輪廓異常鮮明的眉毛往上揚起，她踩著足足十公分高的高跟鞋，發瘋似的狂奔。嗞嗞嗞嗞嗞嗞，鞋跟發出的聲響猶如急促的敲門聲。寧靜的公寓在轉眼間變得吵雜。晚歸後尚未換好衣服的人，酒還沒醒的人，又或是還沒睡醒的人，公寓的住戶都開始尋找利亞。管理室老頭扯著嗓門高聲呼喚利亞，甚至喊到聲音都啞了。

珍京全身吸收著午後毒辣的陽光，在大樓的外壁進行清潔和油漆粉刷的工作。她回到家後雖然累壞了，卻難以入睡。油漆在陽光下加熱後揮發，從中飄散出來的有毒成分，彷彿還殘留在肺裡。每次吸氣時，她都覺得毒氣充滿身體的每個角落。珍京到走廊上吹風時，不經意撞見深夜中的混亂。

圍繞成四方形的公寓大樓看起來就像電視上的畫面。從七樓俯瞰下去時，人們的頭很大、身體很短，看起來很滑稽。演員忙碌地在畫面登場後又消失，再次登場後又消失，就像是一部默劇電影。友美為了找利亞而爬上七樓，她看到站在走廊盡頭的珍京時，問：

「是利亞嗎？」

「是我。」

珍京吸了一口菸使火苗亮起，彷彿在證明自己的身分。友美立刻垂下頭，再次問到：

「有看到一個身材瘦瘦的孩子嗎？身高大約一百五十公分，頭髮很長，你應該經常在附近遇過。那個男孩連冬天都穿著拖鞋到處走，有看到嗎？」

「我知道利亞，今天沒看到他。」

友美嘆了一大口氣，表露失望之情，然後一邊往走廊的另一端跑去，一邊喊著利亞的名字，中途卻又折返回來，問：

「你怎麼知道他的名字？」

正如友美所說的，她經常會在公寓裡遇到利亞，而且其中兩次的見面，她實在忘不了。

每到夏天，珍京都會讓大門開著。事實上，即使不是夏天，七〇一號房大多的時間都沒有上鎖。起初珍京因為沒來由的不安，勤於上鎖，後來卻丟了兩次鑰匙。她被管理室老頭罵了一頓後，借走備用鑰匙打了新的鑰匙，內心卻不禁懷疑，是否有鎖門的必要？珍京和道暻是七樓唯一的住戶，而六樓也只有一間房沒空著，裡頭住了一個年輕媽媽和小女孩。老頭巡邏時也經常忘記巡視七樓，所以後來珍京都只把門關緊就出門了。

為了讓風迎面吹來，珍京打開陽臺的窗戶和大門後，正在睡午覺，那時一首熟悉的歌曲傳入她的夢中。「這一切的罪都在我，我跪在主面前，求您原諒我，求您救援我……」那是媽媽經常哼唱的聖歌。爸爸如屍體般躺了六年後去世時，媽媽在爸爸的葬禮上哼唱那首歌，道暻也在媽媽的葬禮上哼了那首歌。

珍京猶如從夢中逃離出來一般，突然驚醒過來。有一個年紀和性別不明的陌生人，一個她甚至無法確定是不是活人的某個東西，正坐在陽臺上對著珍京唱歌。之後珍京的記憶就中斷了，她的意識中有一段空白，猶如穿越了沒有照明的短隧道。當珍京回過神時，她已經騎在那東西的身上，用手掐住他纖細的脖子。他瞪大眼睛，眼球充血，眼珠彷彿快爆出來，嘴唇卻依舊費力地蠕動，不斷發出聲音，那表情非常詭異。即使他整個五官都扭曲，還是看得出來他是住在公寓的小孩，同時也能知道他並非會威脅自己的存在。珍京從小孩身上彈開。

小孩倒在陽臺的地上時，嘴唇依舊不停蠕動。方才被鎖住的聲音，開始一點一點恢復。珍京問：

「你怎麼知道這首歌？」

小孩沒回答問題，只是繼續唱歌。

「你從哪裡聽來的？」

歌聲依然沒有停止。珍京深吸了一口氣後靜下心來等待。小孩終於唱完整首歌並坐起身來，他左右轉動脖子，並用手輕撫後頸。雖然參差不齊的頭髮遮住了他的右眼，他卻沒有將劉海撥到旁邊。珍京再次問：

「你是誰？」

「我是利亞。」

「你怎麼進來的？」

「門開著。」

那時正好有一陣風從陽臺吹進來後，又穿過大門出去，彷彿要為利亞的話佐證。珍京坐在那道風行經途徑的正中央，她的背脊一陣寒意拂過，那時她才發現襯衫已經被汗浸溼了。利亞一邊哼唱聖歌，一邊往大門的方向走去。不曉得是因為汗水乾掉後體溫驟降，還是過往記憶引來的憤怒及恐懼，珍京渾身顫抖地大叫：

「我問你是在哪裡聽到那首歌的！」

利亞突然停下來，轉頭看向珍京，說：

「姐姐你不是常常唱嗎？」

利亞留下僵在原地的珍京，漫不經心地走出大門。

在空蕩蕩的走廊上，響起拖鞋在地板上拖曳的聲音。淚水從珍京的眼睛滴落。一個從可怕的生活中長出的記憶之根，依舊深植在她的神經當中。她拚命逃跑後一看，發現手裡依舊緊握著企圖逃離的那東西，她的手明明沒有使力。珍京不禁埋怨起利亞。

第二次遇見利亞是在一個下雨的夜晚。從幾天前開始，天氣一直很潮溼，雨的味道、衣服洗了沒乾的味道，和潮溼的泥土味全都混在一起，這讓珍京很不愉快。她覺得房裡溼氣太重很悶，於是乾脆走到戶外，撐著變形的雨傘在前院裡徘徊。老頭把珍京叫到管理室，替她泡了一杯大吉嶺茶。

「這是用昂貴的礦泉水泡的，全都喝光不要留下。」珍京用雙手捧著茶杯，愉悅地嗅聞茶香。那時有支雨傘搖搖晃晃地經過公寓石碑，走進A棟裡。撐傘的人沒有將雨傘收起來就直接走進走廊，傘下有四條手臂和四條腿纏繞在一起。撐開的傘一直勾到欄杆，女人這時才終於把傘收起來，但似乎因為沒收好而讓傘再次彈開。傘下的兩人發出咯咯笑聲。女人用手稍微整理滴著雨水的傘，男人卻從女人的手中搶過雨傘往前院一丟，然後兩人便走進一樓某間門鎖故障的房子裡，消失在珍京視野中。有一個黑影從走廊的盡頭走過來，停在那間房子的門前。那是利亞。

珍京急著將茶杯放到桌上，結果溫熱的茶湯形成小旋渦溢出杯外，灑到她的手上，舒心的茶香瞬間散了開來。珍京將沾溼的手背在褲頭上抹乾，從位子上站起來時，老頭立刻抓住她的手臂。即使珍京覺得老頭不可能不認識利亞，她還是加以說明，以免老頭真的不知道。

「他還是孩子，頂多只有十五歲吧？就那樣讓他站在那裡，實在有點……」

「他只有十歲。」

「您認識他？」

「你假裝不知道吧。」

那女人是利亞的媽媽。利亞把背靠在那兩人走進的大門坐著。他微微閉上眼睛，頭往後仰，腳在地上打著節拍，乍聽之下像是輕快的旋律。

細小的水滴凝結在管理室的窗戶上，一片灰濛濛的，老頭用掌心抹去上頭的水氣。水滴被推擠在一塊，彼此擁抱化為細長的水流，如眼淚般流淌而下。窗外的利亞像是老電影中的回憶場景，在畫面中若隱若現。不過日常和電影不同，所以總是會錯置不合適的背景音樂。

珍京猜想到利亞可能會聽見什麼樣的聲音，胸口便感到一陣疼痛。

利亞的媽媽在利亞消失的隔天晚上，依舊畫好全妝出門上班。即使濃妝豔抹，依然遮不住她臉上黯淡的光芒。不知老頭是否在可憐利亞的媽媽，他連公寓的事都不做，光是一直到處找利亞。雖然堆得搖搖欲墜的垃圾袋倒了一地，垃圾都溢了出來，體積較小的垃圾還在前院各處飛來飛去，也沒有任何人抱怨。不論是在白天、夜晚，還是清晨，利亞媽媽和老頭呼喚利亞的聲音，總是響遍整個公寓。

大約一個月後，利亞的媽媽喝得酩酊大醉，搖搖晃晃地走進公寓。消息一傳開後，人們都開始譴責利亞媽媽。大家都說：「就算留下的人依然要好好過日子，但才過沒多久，孩子的媽媽怎麼能喝酒喝成這樣？」、「說不定她覺得很開心，可憐的只有死掉的利亞。」利亞的媽媽瞬間淪為丟了孩子依然開心喝酒的人，利亞則成了死去的孩子。利亞終究沒有出現。包含利亞媽媽和老頭在內，薩哈公寓的大人都放棄利亞了。

然而，從某個瞬間開始，不明就裡的流言蜚語都消失了。自從利亞的媽媽改成上朝九晚五的班之後，狀況便改變了。她運氣很好，找到在市政府服務櫃檯的工作。她說之前在餐廳工作時也做過櫃檯的工作，所以性質可以說是相似的，儘管事實上那並非餐廳，而是夜店。利亞的媽媽說自己的運氣很好。雖然沒有人認為利亞媽媽之前是在夜店的櫃檯工作，但更沒有人相信她單純是因為運氣好，而得到市政府這份工作的。不論運氣再怎麼好，薩哈都無法成為城鎮居民，頂多只是運氣好的薩哈罷了，那個工作並非身為薩哈的利亞媽媽能做的。

改變的不只有她的工作。利亞消失的那天晚上，利亞媽媽穿著閃亮的紫色絲襪和破舊的銀色絲綢連身洋裝，脖子上圍著起毛球的虎紋圍巾，腳上則穿著鞋跟磨損且脫落的高跟鞋。利亞媽媽的打扮總是那樣，雖然很華麗卻破舊，衣服和飾品雖然很漂亮卻不搭配。利亞的媽媽最近出門上班時，完全變成另一個人。她穿著適當顯露出身材曲線的藏青色短裙和夾克，裡面穿著藍色的絲綢襯衫，腿上則是霧面的透明絲襪，腳上的尖頭黑皮鞋還帶有小巧玲瓏的蝴蝶結。雖然有點單調卻很俐落，有點無趣卻很端莊。

利亞的媽媽還經常搭計程車到公寓入口。計程車費非常昂貴，所以就連城鎮居民也不常搭。不僅是薩哈，連城鎮居民都不敢想的事，卻成了利亞媽媽的日常。珍京覺得利亞的媽媽很奇怪，但她公然做著這些奇怪的事，流言蜚語卻反而平息了下來，這更讓珍京感到奇怪。

利亞的媽媽只不過是拖著兩個水桶，就在原地踏步，友美雙手環抱胸前，站在她身後。利亞媽媽又細又長的鞋跟往右一歪，整個人劇烈搖晃時，友美立刻大步上前搶過手推車。珍京注視著她們兩人，她看到利亞的媽媽低下頭、緊咬嘴唇跟在友美後面，不知為何感到在意，無法移開視線。友美先一步抵達A棟二〇一號的利亞家門前，她放下手推車後轉身離開，利亞媽媽那時才慢半拍地朝友美的後腦杓道謝。

珍京假裝自己不知情，正將水裝入水桶中。那時友美靠了過來，問道：

「你幹嘛？」

「我怎麼了？」

「你是不是覺得我會對利亞媽媽做什麼？」

「你為什麼要對她做什麼？」

「對啊，為什麼？」

珍京沒有回答。接著友美又說：

「你懷疑我，你覺得不安。」

她這次不像在問問題。

「不是那樣……只是這一切都很奇怪。利亞不見時，整個公寓都鬧翻了，那不過是幾個月前的事，現在利亞都還沒找到，但不論是你、利亞的媽媽，還是公寓的住戶，大家都太無所謂了。」

珍京從老頭那邊聽到奇怪的傳聞。他說已經窮途末路了，薩哈公寓會因為薩哈公寓的住戶而被拆除，父母連孩子都賣掉了。雖然老頭講到那裡就閉上嘴巴，但珍京知道他是在講利亞媽媽的事。她問老頭現在是不是放棄找利亞了，老頭回答說他不想再白費力氣。珍京問友美同樣的問題，友美低頭思考了一下後，說：

「這不是我能決定的事。」

「但老頭一副知道些什麼的樣子。」

友美聽了珍京的話後，噗哧一笑，同時也嘆了一口氣。

「我一度也覺得很奇怪。如果是我，如果是我的話，深夜回到家後看不到年幼的兒子，而且還是像利亞那樣的孩子，他雖然老是到處亂轉，卻總是很神奇的先回到家等媽媽。如果像他那樣的孩子不見了，我一定會光著腳就從家裡跑出來。但是那天晚上，利亞的媽媽卻穿著鞋跟非常高的涼鞋，而且還是那種在腳踝上綁蝴蝶結的款式。」

珍京在腦海中描繪那天晚上的場景。連身裙的肩帶隨著下垂的肩膀滑落，破舊的圍巾長長地斜掛在脖子上，媽媽一邊喊著兒子的名字，一邊走進家門。家裡沒開燈，顯得異常冷清，裡面一個人都沒有。媽媽急忙打開房門和廁所門，甚至還打開衣櫃，但都沒看見利亞。媽媽一邊喊著利亞的名字，一邊往大門跑時，看見玄關有鞋後跟脫落的運動鞋、四散在兩處的拖鞋和閃亮亮的涼鞋。利亞的媽媽將她的小腳穿入鞋跟很高的涼鞋，然後冷靜地將腳踝上的鞋帶綁成蝴蝶結。

「你在想什麼？」

友美的聲音將珍京從那天晚上拉回現實。珍京搖搖頭，表示她沒在想什麼。友美伸了一個懶腰，然後牽動臉部所有的肌肉，露出一個燦爛的笑容。

「不要太嚴肅，我只是瞬間有那樣的想法而已。誰都不知道，沒有任何人知道。三一六號不也是那樣嗎？那個女人為什麼死了？她真的死了嗎？我們當中誰都不知道。真的很奇怪吧！之前一直在後面竊竊私語，現在誰都不敢說話。我們是不是開始害怕有祕密的人？」

所以大家才怕你啊，珍京看著友美的大門牙和外露發黑的牙齦，瞬間有了那樣的想法。

秀死了、道暻失蹤，珍京卻無能為力，每當她覺得無力時，就會想起利亞。當時珍京沒有像公寓的其他人那樣，不瞭解狀況就譴責利亞的媽媽。然而，她後來才知道，自己合理的懷疑，也是一種暴力。

即使珍京知道道暻不會在那裡，她還是跑去那個公園，去秀工作的小兒科診所，還有莎拉工作的酒吧。她經常呆呆望著看守所緊閉的笨重鐵門，有時還會在國立中央婦產科、第一育幼院、國會、報社和電視局附近徘徊。珍京就這樣每天晚上在城鎮各處遊蕩。

珍京回到公寓時，右腿從腳底開始變得僵硬，她實在沒自信再爬到七樓，於是便在菜園前坐了下來，把菸點燃。她吐出第二口煙時，才察覺身後有人，那是利亞的媽媽。珍京急忙把菸丟到地上並踩熄。

「抱歉，我不知道您在。」

「沒關係、沒關係。」

兩人在黑暗中短暫對望後，珍京點頭打招呼並轉身離開。

「等一下！」

利亞的媽媽叫住珍京。珍京停下腳步，往她的方向轉過身去。那是珍京第一次在近處看利亞的媽媽，她穿著大圓領的短袖T恤和稍微過膝的短寬褲，還用手指將打結而凌亂不堪的頭髮梳理成束，再用原本套在手腕上的橡皮筋隨意綁起來。

她的臉龐被頭髮遮了一半，看起來非常蒼白。不曉得她是不是剛哭過，眼睛非常腫。她看起來很年輕，珍京心想她的年紀說不定跟自己差不多。即使已經晚了，關於利亞的事，珍京還是很想安慰她，卻想不到合適的話語。

「您有什麼想說的嗎？」

珍京一問，一直看著她的利亞媽媽便說：

「我沒有把我的孩子賣掉。利亞，我沒有賣掉利亞。」

她一定將這句話埋在心裡很久了，她一定沒有機會說出口。利亞的媽媽用力吸了一下鼻子，吞了吞口水，接著慢慢說道：

「我得到安慰了，我把那些當作是安慰。接受人們的安慰和關心後，我無法跟那樣對待我的人計較些什麼，結果大家卻真的覺得我把孩子賣掉了。所以珍京，如果以後有人要安慰你，也絕不要接受。安慰、體諒、關懷、鼓勵，這些都不要隨便接受。」

不是這樣，接受別人的安慰也沒關係的。如果有人要安慰並關心自己，就坦然接受。即使接受了，如果有要計較的，還是能計較，而且之後如果還有應得的，再多接受也是合宜的。

利亞的歌聲在珍京的腦中環繞。炙熱的陽光、涼爽的風、香甜的覺，還有穿梭在那之間的聖歌。利亞的媽媽環顧四周後，說：

「利亞的聲音整天都在我耳邊迴盪，我現在也聽得到利亞的歌聲。」

「我現在也聽得到。」

不曉得利亞的媽媽是不是將那句話當作安慰，即使不太自然，她還是試著對珍京擠出溫暖的笑容。那是事實，珍京確實聽見利亞的歌聲。

七一四號，秀與道陽

冬天已接近尾聲，正午吹的風雖然溫暖，卻很乾燥。小孩子柔軟且敏感的呼吸器官，總是最先感受到季節的變化。公寓裡有很多小孩在等待秀的到來。

秀剛剛治療完罹患中耳炎的小孩，這孩子分次服用從便利商店買來的成人感冒藥，病情拖延到後來惡化了。秀囑咐他抗生素一定要連續吃五天，療程中不能停藥，他聽了之後低頭敬禮並大聲道謝。有很多可愛的孩子，秀因為可愛的孩子而感到開心。雖然他們生病時讓她難過，但看到他們很快就痊癒，又吵吵鬧鬧的模樣，她就很開心。專攻小兒科是她出生以來做得最正確的選擇。

秀經過管理室時，老頭抓住她的手臂，說有小孩生病了。她以為是跟往常一樣，有小孩得了感冒、拉肚子或罹患腸胃炎，所以沒有多想就跟了過去。即使看見老頭走進位於管理室旁邊的宿舍，打開了夾在宿舍和機房中間的浴室門，她也沒發現異常。當她踏入充滿水蒸氣，幾乎看不見前方的浴室時，心想：「老頭到底是從哪裡取來這麼多熱水，可以這麼浪費？肯定又是不花一毛錢，從哪裡偷來的吧！真是個搞笑的老頭。」她不禁噗嗤笑了出來。

秀大力揮動手臂撥開水蒸氣後，看見生病的孩子。在浴缸裡有一對纏繞在一起的男女。

其中一人身型瘦小、留著短髮，看起來像小孩子，溼透的無袖T恤和內褲貼在身上，那是個女人，另外一個全身赤裸的則是男人。秀雖然吃了一驚，卻假裝鎮定地用手背輕觸水面，她要老頭再多裝點熱水過來，然後打開診療的包包。

「這是止痛劑，很快就不會痛了。」

她先將針頭刺進女人的手臂，女人稍微縮了一下身體後，全身放鬆，眼睛輕輕閉上。秀用指尖輕輕掃過女人的額頭、臉頰和鼻梁。「這下要留疤了。」這句話本來應該藏在心裡，她卻不小心說出口。秀擔心會嚇到女人或傷到她的心，正為此感到後悔時，那女人抬起頭望著空中喘氣，不曉得她是聽見了，還是沒有聽見。秀為男人注射止痛劑時，努力避開視線，然後對老頭囑咐：

「請你注意不要讓水冷掉，我回車子上拿藥膏和紗布。」

「謝謝。」

「還有，我之前說過，只有在孩子們狀況危急時才能叫我吧？如果又像今天這樣，我以後就不來了。」

老頭笑咪咪的聳肩。

「他們在我眼裡是小孩子。」

「哪裡有這樣的小孩？而且如果要叫我來，至少要幫他穿上內褲吧！」

緊閉雙眼狀似昏迷的男人，聽到秀說的話便噗嗤笑了出來。

晚秋時，秀再次遇見那個男人。雖然他將皮夾克的拉鏈拉到最高，幾乎遮住了半張臉，但只看眼睛也能認出他來。秀本來打算假裝不認識，男人卻先打了招呼。

「上次謝謝你。」

秀不曉得該怎麼回應而猶豫不決時，男人問：

「你是不是之前治療我和姐姐的那位醫師？」

「啊，是的。你們……現在還好嗎？」

秀將一直垂下的視線上移後，禮貌的問道。她覺得繼續這樣和男人對視，有可能對男人做出無禮的舉動，所以連回答都還沒聽，轉身就要走。那時男人啪啪拍打秀的肩膀，猶如在敲門一般，問道：

「我最近喉嚨有點乾，總是咳嗽，可以請你幫我看看嗎？你只幫小孩看病嗎？」

雖然當時是為了治療，但怎麼能在看過自己裸體的人面前，那麼泰然自若？怎麼能那麼有自信？秀突然懷疑他是否有其他的意圖。男人盯著沒有答話的秀看，歪著頭問：

「看來我提出了過分的請求，抱歉。」

「啊，沒有。我正在想能在哪裡診斷。」

秀在管理室內檢查男人的喉腔，仔細聆聽他的呼吸聲，那只是換季時常見的輕微咽喉炎。秀將三天份的消炎止痛藥和止咳化痰藥裝在瓶子裡遞給男人，那時老頭雙手抱胸站在管理室的角落，直說這裡太擁擠，姐姐一個人就夠煩了，真不懂為什麼連弟弟都在這裡進進出出。

「我生病了，對不起。」

男人言詞真誠地向老頭點頭道歉。聽起來不像是在嘲諷，也不像是開玩笑，除了表面上看起來的那樣，他全然沒有其他意圖或意思，所以秀很難判斷他究竟是好人還是壞人。

秀跟老頭打過招呼後，走出管理室，男人卻跟了上來。

「謝謝，你幫我診斷，還給我藥，我卻沒什麼能給你的，就讓我送你一程吧！」

「啊，沒關係。我不會害怕。」

「什麼意思？路上有什麼可怕的東西嗎？」

「啊，那個，我也不清楚。不過你為什麼說要送我呢？」

「自己走不是很無聊嗎？雖然我不是很風趣的人，但如果聽到有趣的事，還滿容易笑的。請說有趣的事給我聽吧！」

竟然不是他要講給我聽，而是要我講給他聽。該說他理直氣壯，還是厚顏無恥？不知不覺兩人已經並肩走到公寓後方停放車子的鄰近公園，路上秀想起從老頭那裡聽來的故事。聽說他殺了人，而且還是用體積很大的凶器，殘忍地刺殺害死自己媽媽的人，好像是刺了七刀還是八刀。雖然秀覺得他不像壞人，但也不是說他看起來絕對不會殺人。這樣說可能有點怪，但秀理解他。他足以殺掉害死自己母親的人。他是個善良且純真的殺人犯。這些標籤似乎很不搭，但在他身上卻適得其所。

男人說他的名字叫道暻。一抵達秀的車子前面，道暻就像對老頭點頭打招呼那樣，對秀點頭道別，要她路上小心。秀不知為什麼覺得有點可惜。

「要不要載你回公寓？」

「不用了，我想吹吹風再回去，反正回家也沒事做。」

「那要和我一起散步嗎？」

道暻只是呆呆的盯著秀看，一句話都答不上來。秀有些尷尬，補了一句：

「因為你要我講有趣的事給你聽，但我好像一個都還沒講。」

兩人並肩沿著泥土路往上走，秀想到什麼就講什麼，過程中提到各種話題。可愛的小朋友裝病的事、家人的事、週末看過的電影……

道暻沒有笑。

「你說你很會笑，但你都沒有笑耶！」

「這些事都不怎麼有趣。」

反而是秀笑了出來。後來秀比以往更常去公寓照顧小孩，而且診療結束後，一定會和道暻一起到公園散步。

是秀先提議要一起生活的，道暻完全無法理解秀的提議。

「哪有錢買房子？如果被舉發，我肯定又會被趕回公寓。」

「我打算住在公寓啊！」

「什麼？」

「我只不過是領月薪的，看起來像是會存錢買房子的人嗎？還有，如果你被舉發，那麼不只是被趕回公寓，而是會被趕到大海的另一頭。」

「所以你要住在公寓？為什麼？」

秀直視道暻的臉，答道：

「因為我想跟你一起生活。」

道暻是成年人，而且這段期間和公寓的住戶也相處得很融洽，沒有任何問題，所以他要獨自出來另外住一間房，並不是什麼難事，不需擔心要經過什麼程序，或是資格可能不符。然而，他覺得秀無法住在不方便、不安全又條件艱苦的薩哈公寓裡。

「你知道這裡的電力供給來自屋頂的太陽能發電板吧？電力很弱，所以經常斷電，而且沒辦法另外安裝冷暖空調。水管沒有直接連到家裡，要從一樓裝水回來洗澡、煮飯，而且如果想用熱水，就要用瓦斯煮水。和你現在住的家完全不一樣，這裡又冷又熱，而且很髒。你如果和我一起住在這裡，說不定會開始討厭這裡，也開始討厭我。」

「找找看發電機。充電式或手動的都好，總之找找看電力強的發電機。然後我們安裝水塔吧！把水管和水塔接在一起，這樣在浴室和廚房隨時都能用水，而且只要在浴室裝瞬熱式電熱水器就行了。不過如果連廚房也要安裝電熱水器，耗電量會太大，現階段可能比較困難，戴橡膠手套洗碗就行了。水塔裡隨時裝滿水，不要沒水就好。另外，確認要住哪間房子後，在搬進去之前可以先做好隔熱工程。雖然我沒錢買房子，但有錢整修。我們的房子會變成公寓裡最好的房子。」

「公寓的人不會覺得我們有點誇張嗎？大家都過得差不多，只有我們過得很奢華。」

「這叫做奢華？有水可以用，不冷不熱，這種事叫奢華？這只是基本罷了。為什麼你要一直過得這麼不方便？一步步整修吧！我們如果這麼做，其他人也會跟著做的。」

秀說的對，而且她也不是在批評或指責，但道暻卻變得不太開心。

「大家在這裡一無所有，什麼都做不了，要下定那樣的決心並不容易。公寓的人並非愚蠢或懶惰才這樣的。」

「所以才需要像我這樣的人。我擁有很多，能做的事也很多，而且我喜歡你。」

為了將水塔放在屋頂上，他們得住在頂樓。道暻問秀住在姐姐家隔壁如何，秀反問他是不是瘋了。最後道暻和秀選了離珍京家最遠的七一四號房。

房子按照秀的計畫整修，天花板和牆壁做了防水處理，而且還多加了一層隔熱塗層。客廳和房間的牆壁貼上了不同顏色的壁紙，廚房太小放不下餐桌，所以他們決定在窗邊放一張茶几，可以在那裡吃飯、喝茶和看書。房間裡放了床墊，玄關、廁所和陽臺都放置了尺寸剛好的收納櫃。客廳四周的牆壁都裝了層架，上面擺放書籍、照片、收音機、碗盤等，收納空間有些不足，所以他們將一部分的書堆在地上。

為了將牆壁和天花板拆開來整修，整個家被弄得到處積滿厚厚的灰塵。道暻每天早上起床後，首先到一樓花圃旁的供水處裝水，然後把水倒進屋頂上的水塔，填滿一半的容量。和姐姐一起住時，他們一天用掉兩到四桶的水，如果要裝滿水塔，大概需要十六桶的水，但他並沒有全都裝滿。另外，即使道暻整個上午都在用溼抹布打掃，但窗溝、門縫和流理臺內不管擦拭了幾次，還是一直有灰塵冒出來。當道暻感到精疲力盡時，秀便說往後一邊生活一邊打掃就好，她還不以為意地說：「我們過日子時，風要吹進來，手要去觸碰，灰塵才會被擦拭乾淨。」

道暻想送禮物給秀，慶祝她入住公寓。為了親手製作書桌和閱讀書架，他甚至繪製了設計圖，但他去物色家具用的木材和木工工具時，發現價格非常昂貴。直到秀打包行李搬進來的那天，除了設計圖他什麼都沒做出來，他覺得自己很無能而鬱悶不已。當他把這件事告訴秀時，秀跟他要了設計圖作為禮物。

「反正我的書不多，書也讀膩了，以後不想讀了，所以不需要書桌之類的東西。」

秀從道環那裡收了附有摺疊式閱讀書架的書桌設計圖後，成為薩哈公寓A棟七一四號的住戶。

雖然就業輔導所的所長奶奶打了幾次電話過來，但道暻急於整理家裡，拒絕了工作的邀約。所長問他是不是真心想餓死，道暻自己也有些擔心，但秀反而問他為什麼非工作不可。

「我賺的錢就夠用了。這個房子比一般的房子還難整理，有很多事要做，我希望你全權負責管理這個房子。還有，你不是說你學過畫畫嗎？你要不要畫畫呢？我覺得你的設計圖畫得很好。」

秀並不曉得道暻學過的繪畫是哪種類型的，她其實也不知道他的設計圖畫得好還是不好，只是隨口說說的。道暻張嘴哈哈大笑，然後表情嚴肅地陷入沉思，過了一會又笑了出來。

「畫了畫要用在哪？」

「你先畫畫看，我總有可以用的地方。」

秀和道暻手牽著手，一起去大學附近畫具用品店群集的老巷子，在那裡購入紙張、顏料、水彩筆、鉛筆和橡皮擦等。帳單是秀付的。原本道暻想在客廳放書桌，現在則擺滿了各種畫具。他興奮地說第一張圖畫要送給秀當作禮物。秀要道暻絕對不要畫她的臉，但道暻還是畫了秀的臉。道暻作畫時，顏料塗得很厚，線條的勾勒也很隨性。秀對繪畫一無所知，她看了道暻的畫後，暗想顏料應該要省著用。

秀將道暻的畫放入畫框後掛在診間。將五官拆開來看時，完全沒有和秀相似的地方，但任誰來看都覺得，那張肖像畫畫的就是秀。奇妙的是，那張畫作很受歡迎。有幾名職員看到之後想購買肖像畫，於是秀收了他們的照片，轉交給道暻作畫。彷彿流行一般，每個診間都掛上道暻繪製的肖像畫。連和診所合作的製藥公司業務員、病童的監護人都委託道暻作畫。秀提議乾脆在報紙之類的地方刊登廣告，道暻聽了之後有些不安。

「這樣不是該向國稅局報稅嗎？而且我要怎麼收錢？我連銀行帳戶都沒有。」

「我們從小規模開始做，不會有事的。等規模變大，需要登記納稅時，再來煩惱就好。然後帳戶可以暫時先用我的。」

「用你的帳戶我有點不好意思。」

「又不是大筆金額的交易，不會有問題的。若被懷疑盜用帳戶，只要說是我畫的就行了，我很會畫畫的。」

「我不是那個意思……交易內容都看得見嗎？」

「喂！我才不會吞掉！」

秀在醫院的布告欄張貼廣告，也在附近的住宅區張貼廣告。公寓的住戶也經常委託道暻作畫。雖然金額不大，但道暻又再次有了收入。秀每個月都會將當月的訂單內容和帳戶明細印出來給道暻確認。秀到處打聽提供無名畫家販賣畫作的畫廊，而道暻則開始畫肖像畫以外的其他類畫作。

……………

院長嚴肅地質問秀，秀不曉得該回答什麼，光是撥弄自己的衣角。

「你從什麼時候開始那麼做的？到底是從什麼時候開始的？你拿了醫院的用品嗎？醫院的藥你也拿去用了嗎？」

院長在逼問秀的過程中，不斷用食指敲打書桌，發出叩叩叩叩的聲響。

「院長……」

「算了，我不想聽，你不要辯解。」

秀被院長打斷後，沒能將話說完。其實就算院長沒有打斷她，她也不敢說出口。院長不都知道嗎？院長明明全都知道啊！

只有秀的診間總是缺少紗布、消毒藥水、拋棄式壓舌板等用品。一名行政職員曾在會議時公開表露不滿，但院長反而訓斥那個職員，並且吩咐他兩件事：要做出完善的診斷並給予正確的治療，還要在診間備好分量充足的用品。幾天後，院長額外多給秀一些常用的止痛藥、退燒藥和抗生素。

有一個小孩燙傷了。這孩子剛滿周歲，他扶著牆走路時，撞倒放在茶几上的電熱水壺。秀過去看時，是由花子奶奶代替小孩的媽媽，將冷水沖到小孩的患部上，替他降溫。嚇壞的媽媽則愣在一旁，不敢碰小孩。秀幫小孩消毒，抹上燒燙傷藥膏並纏上繃帶，然後就離開了公寓，但她仍然放不下心。

燙傷雖不嚴重，範圍卻很廣，小孩年紀也還太小。除此之外，最讓她掛心的是，很難和孩子的媽媽溝通。

隔天下午，花子奶奶打電話過來。她焦急地說，因為小孩覺得悶，所以媽媽幫他把繃帶拆開了。現在水泡都擠破了，不曉得該怎麼辦。傷口如果受到感染，狀況可能會變得複雜。秀要奶奶在醫院職員全都下班後，大約七點左右將孩子帶過來。秀一直焦躁不安。七點過後，那天最後下班的院長還特地到秀的診間，拍拍她的肩膀，說：

「我先走了，我們一起努力吧！」

他說完後走到窗邊，將百葉窗拉下，然後慢慢走出診間。這一切看起來就像信號，或是暗號。秀覺得院長的所有話語和行動，甚至連視線和呼吸都帶有註腳。輕輕拍打她肩膀的乾瘦的手、要她一起努力的問候、靜靜拉下的百葉窗和緩慢的腳步。她確信自己瞭解其中的含意。

秀的醫師執照被永久撤銷了，理由是她做了執照之外的醫療行為。調查員的視線輪流停在秀和資料上，然後問了秀住家地址。秀心想資料上明明都有寫，為什麼還要問？她雖然覺得很奇怪，還是冷靜地報了爸媽家的地址。調查員笑了一下，又問：

「你確實住在那個地址嗎？」

「什麼意思？」

「沒什麼，我只是在想那個地址對不對。」

他接著搖搖頭，喃喃自語地說：「到底為什麼要這樣生活？」秀也陷入沉思：對啊，我為什麼要這樣生活？

國中時，秀的班上有一個會發出臭味的女同學。那股臭味是從腋下散發出的汗臭味，俗稱狐臭。她是個安靜又善良的孩子，從來不曾先跟人搭話，不曾傷害別人，也不曾說別人的壞話。若不是她身上發出臭味，可能連她人在不在教室都沒人知道，也許正是因為臭味，大家才多少察覺到她的存在。微風從敞開的窗戶吹進來時，偶爾會讓刺鼻的腥臭味在教室裡散開來，不過還能忍耐。雖然他們還是群不懂事的國中生，卻也不敢開口抱怨同學發出的臭味。

某天第一堂課才剛開始，那個同學突然流起鼻血。她的鼻血就像夏末的雷陣雨那般恣意傾洩而出，甚至連流鼻血這個單詞都不足以表達。黑紅色的血如同雨水般滴答滴答掉落，浸溼了又薄又白的夏季制服襯衫。坐在隔壁的同學不禁發出尖叫聲，彷彿她目睹的是起殺人案件。比起鼻血，當事人似乎更因自己引起的騷亂和尖叫聲而慌張不已。

雖然上衣已經溼透，搞得亂七八糟，她卻沒有可以更換的衣服。老師問：「誰有體育服？」沒有人回答。大部分的人都將體育服放在置物櫃裡，穿過幾次才會帶回家，所以應該很多人都有體育服，不過大家都覺得那個味道會傳染給自己。那個女孩緊咬下唇，坐在轉過頭避開視線的同學之間，一臉快哭出來的樣子。那時，秀回答了。

「我有。」

秀慢慢走向教室後方的置物櫃，從裡面拿出體育服上衣。即使隔天女孩還給她洗乾淨且發出香味的體育服，她們也沒有因此變成好朋友。

年幼的秀也覺得臭味可能會傳染給自己，所以她還想可能得把衣服丟掉。她感到不安，心情也不太好。即使如此，她也沒有想同情或安慰同學的念頭。同學需要更換的衣服，而她剛好有體育服可以借，僅僅如此罷了。她做出的判斷並不帶任何好意，只是理所當然，極為單純的判斷。那是一個沒有特殊意圖，也沒有算計的舉動。

即使執照被撤銷，秀依然神采奕奕。她說就算沒有執照，技術和知識也不會一起消失，還認真說她考慮在公寓裡開設診所。雖然她透過製藥公司打聽購入醫療器材及藥品的方法，卻不太容易。她還試著聯絡開設醫院的大學前後輩和同期，請他們幫忙購買醫療用品。他們還不知道秀的狀況，聽到請託後反問她發生了什麼事，秀本來想說實話，結果話題東繞西繞，後來只是笑了笑，粗略帶過，直到最後都沒說出口。秀說她暫時要回家一趟，便離開公寓，但過了一週都還沒回來。

道暻獨自一人在沒有秀的家中畫畫。他每天按時吃飯，一餐都沒漏掉，到了晚上便用瞬熱式電熱水器加熱過的熱水洗頭，連耳廓、腋下和腳趾縫都仔細洗乾淨，然後蓋著白天在陽光下晒乾的被子，進入深沉的睡眠。然而，到第四天夜晚，道暻終究敲了姐姐的房門。珍京什麼都沒問，就將放在壁櫥裡受潮的枕頭拿出來給他，道暻背對姐姐躺在一旁，流了一點眼淚。雖然從隔天起他就不再哭泣，卻一直睡在姐姐家。

第十天的早晨，秀兩手提滿紙袋和菜籃走上階梯，一把長長的蔥伸出菜籃外。道暻覺得秀那個模樣像極了電影的主角，讓他很開心，難過和擔心的情緒都自動消失了。紙袋裡有道暻的短袖上衣、夏天穿的薄棉褲和新運動鞋，菜籃裡有鹽巴、胡椒一類的基本調味料，還有道暻初次看見的各種辛香料、醬料，以及厚實大塊的烤肉用牛肉、飽滿且香味迷人的茄子、胡蘿蔔和菇類。

「我們烤肉來吃吧！把姐姐也叫來，我特地買了很多。」

這是秀說的第一句話。秀彷彿什麼事都沒發生似的，用非常開朗的語氣說話，這反而讓道暻的心情突然變糟了。

「我不要。」

「好吧，那就我們兩個人吃吧！」

道暻將卡式爐放到桌上，爐上擺了一個大平底鍋，他們在上面煎肉塊、蔥、茄子、胡蘿蔔和菇類。秀對青菜全然不感興趣，光是拚命用叉子將緩緩滲出血水的牛肉叉來吃。太想吃肉了、之前幾乎都沒吃到肉、果然還是要吃些肉才對，秀邊吃邊喃喃自語，不過那些肉其實並沒有那麼美味。在一層層美麗的油脂中，牛肉發出一股腥味。

秀在嘴巴裡塞滿了肉塊，說她考慮重新就業，去醫院、學校或研究所擔任研究員。還說她為了打聽職缺，準備要寄送的就業相關資料而忙得暈頭轉向。

「你等了很久吧？」

「我擔心你。」

「擔心什麼？怕我出事？還是怕我逃跑？」

「兩個都有。」

「這兩個你比較擔心哪一個？」

「第二個。」

秀輕輕笑了。雖然她擔心沒有適合在面試時穿的衣服，但她投履歷的地方都沒有聯絡她。我要不要乾脆多讀點書？要不要去原生國家看看？還是要重新上大學？秀經常像這樣自言自語。

秀的不幸尚未結束。政府開始調查醫院，連院長都被懷疑有問題。醫院的存廢受到威脅後，院長立刻控告秀妨害業務及挪用公款。依據審判的結果，秀有可能會失去居民資格。若真的發生那種狀況，連秀的家人都會波及。秀瞬間被擊垮了。道曝能夠理解，這段期間秀已經很勇敢、很堅強了。

是秀提議那麼做的。將公園停車場選為最後的地點，也是秀決定的。

路燈微弱的光線，透過車窗遠遠地照射進來。道曝猶豫不決時，秀坐起身來吻了他的脖子，這才讓他放下一切。秀將一顆圓形的白色藥丸、一顆長形的粉紅色藥丸，以及裝有黃色液體的安瓿放到道曝的手中。

「不要怕，你吃了只會覺得睏。」

她將和道曝同樣的安瓿及兩顆藥丸放到自己的掌心，然後又多放了兩顆不同的藥丸。道曝嚇了一跳，抓住秀的手腕。秀慢慢鬆開道曝的手，說：

「這是我平常吃的。」

「你這樣會出事。」

秀聽到後笑了出來。

「現在都沒差了。」

道暻也笑了，他覺得既悲傷又丟臉。當時應該要一起吃四顆藥丸才對，現在後悔已經太遲了。

⋯⋯⋯⋯

道暻已經決心要離開莎拉的家。

莎拉出門上班前，從抽屜拿出木湯匙放到桌上，然後用勸告的語氣對他說：

「用這個小聲吃，吃完後不要收拾，放著就好。不要洗手，也不要沖馬桶的水。哥哥你就睡吧，早點睡。」

日夜似乎輪替了兩次，但道暻不是很肯定。因為警察突然來訪，所以他穿著磨破膝蓋而染血的棉褲，整個身體蜷縮起來，躲進又小又冷的冰箱裡，看起來就像一塊肉。雖然他不覺得冷，卻顫抖到牙齒格格作響，那聲音彷彿大過冰箱的馬達聲，讓他不得不用盡全力咬緊牙關。

年幼的道暻害怕陰暗的地下室，和如屍體般躺臥的爸爸，他甚至怕到吃不下飯、做不了功課，光是哭著等姐姐返家。珍京在巷口聽到哭聲後跑回家，責備道暻為什麼都不開燈，光是哭得像個小孩子。道景不敢說自己是因為按不到開關才沒開燈的。秀曾經像小時候的道暻那樣，沒用手遮住臉龐便嚎啕大哭。道暻舉起木湯匙後又再次放下，心想：「秀真的死了嗎？」

道暻往陽臺走去，他將窗簾的尾端纏繞在手上，往內拉後又鬆手放掉。剛好窗戶稍微開著，窗簾的擺動也非常自然，看起來就像是靜靜乘著夜晚的風起舞。道暻從窗簾飄動的縫隙瞥見外面的夜景，隔著僅容一輛轎車通行的窄巷，可以看見商店街的後側。因為流過雨水而布滿汙痕的牆壁和窗戶、鐵製的緊急逃生梯、冷氣的室外機……建設時毫無規劃的商店之間，有很多不完整的小巷子。雖然小孩可以在巷內奔跑，但體型高大的大人很難通行。巷子之間有矮牆和窄門互相連接。

拉下鐵捲門的聲音和互道明天再見的疲憊問候，傳入道暻的耳中。巷子陰暗、低矮且無人。道暻覺得他或許能試試看。

餐桌上的馬鈴薯濃湯已經冷掉，表面結了一層黏稠的膜。僅用橘色的飛魚卵和海苔絲揑成的飯糰，表面也變得硬硬的。道暻從冰箱拿出牛奶，將杯子倒滿。飯糰咬不太動時，他會舀一匙馬鈴薯湯喝下去，如果那樣還是吞不下去，他就再喝一口牛奶。因為時隔許久才進食，他擔心會拉肚子，所以不斷細細咀嚼，直到舌頭能感受到飯粒完全分解。道暻將莎拉準備的飯糰和馬鈴薯濃湯吃得精光，牛奶也全都喝完。他將空碗盤端到洗碗槽裡後，猶豫了一下是否要洗碗，後來他直接放在那裡，並沒有洗。

他取出藏於冷凍庫深處，裝在黑色塑膠袋裡的運動鞋，將鞋子放在窗簾下方後，稍微伸展肢體。他從脖子、肩膀、手腕、腰、膝蓋到腳踝，慢慢轉動每個關節，然後用手掌包覆大腿和小腿輕輕搓揉，替肌肉按摩。他發覺肌肉使不上力。

運動鞋又冰又硬。道暻試著在原地往上跳，第一次著地時腳步太沉，地板發出了聲響。他反覆跳了幾次後，才漸漸抓到感覺。他現在可以靠膝蓋、腳和腳踝的彈性，安靜著地。

道暻靠著牆，在腦中繪製逃走的路線。窗簾、陽臺、一樓、馬路、公園、海邊公路……那之後可以沿著海邊跑，也可以跳入大海中，無論如何要往有路的地方跑，說不定他又會再越過一次國境。沒什麼好害怕的，他不能繼續躲在莎拉的冰箱裡。

當道暻深吸一口氣，站在窗戶前面時，耳邊傳來鐵製房門哐啷一聲大力關上的聲音，還有難以分辨是男還是女的高頻尖叫聲。原本壓抑下來的恐懼與緊張，趁著這縫隙跑出來，他的心臟撲通撲通地跳。道暻努力想讓內心平靜下來，對於想逃出公寓的他來說，公寓內的騷動或許是個機會。

道暻稍微掀開畫有紅色和黃色鬱金香的窗簾，穿過窗戶打開的縫隙爬到陽臺上。首要任務是毫髮無傷地從公寓逃出去，他將窗戶和紗窗推到最開，緊抓住窗框，越過安置在下方的鐵欄杆。他的手握住欄杆，整個人懸掛在上面，過了一會才將手鬆開。他在落地前，在適當的時機將膝蓋稍微彎曲後伸直，所以地板沒發出聲響，腿部也沒受到衝擊，得以安靜著地。

公寓裡又再次傳出尖叫聲，有幾扇窗戶的燈亮了。他加快速度翻過圍牆。

道暻那天晚上也站在之前那個四線車道前。那裡是郊區，而且時間已經接近午夜，所以幾乎沒有車，但偶爾經過的轎車和機車好似劃破空氣一般，行駛速度非常快速。道暻是從馬路對面的那個公園逃出來的。那時他從對面跑過來，而且還一口氣穿越馬路。當時應該非常想活下去，或是非常想送死。

一輛機車呼嘯而過時震動地面，伴隨轟轟巨響，當機車疾駛而過後，馬路又立刻冷清下來。那時，一個大剌剌的緩慢腳步聲沿著馬路逐漸靠近。道暻想要躲藏而縮起身子走動，後來他發現這樣反而更顯眼，因而停下腳步，瞬間那個腳步聲也停了下來。道暻轉過身，往腳步聲的反方向奔跑。當他跑進商店街和大廈之間老舊且低矮的巷子裡時，走出巷子的一名女性，看到奔馳而來的道暻後，發出尖叫聲癱坐在地。道暻經過女人身旁，越過欄杆，推倒巨大的垃圾堆，頭也不回的狂奔，直到血腥味竄上喉嚨。

道暻逃跑時專挑看起來最狹窄、髒亂且危險的路。過程中同時有好幾個吵雜的腳步聲跟上後又遠離，還有一個謹慎且小心翼翼的腳步聲靠近後又消失。他避開那些腳步聲，飛躍過鐵門，卻卡到鐵欄杆，右腳的膝蓋給劃出一道很深的傷口。在一片血泊之中，之前棉褲被劃破而皮開肉綻的部位，露出了白色的骨頭。偏偏又是右腳。道暻用雙手包覆膝蓋，靠著牆坐下，他咬緊牙關吞下呻吟時，鐵門吱吱作響，他只好再次起身逃跑。

每踏出一步，膝蓋和大腿就會傳來陣陣刺痛，他實在無法再加快速度。道暻回頭一看，有一個男子正輕盈地躍過鐵門，他身穿棉褲和棉質上衣，體格健壯，卻留著一頭白髮，難以推算年紀。道暻只好先爬上眼前的鐵製緊急逃生梯。破舊的樓梯沿著建築物一側的牆面，呈之字形向上延伸，看不見盡頭在哪裡。他爬上去時，鐵板發出巨大的聲響。

道暻如同垂掛在樓梯上那般，緊抓著欄杆，一階一階費力地往上爬。男人也沒有加速，而是維持一定的距離跟在後面。道暻爬到最後一個階梯，再也沒有地方可以逃，他用雙手握住牆壁上通往建築物內的逃生門把手，用力轉動門把，卻一點動靜都沒有。這次他越過樓梯的欄杆往下看，那裡大約有五層樓高。那時跟在後面的腳步聲突然加快，震得整個鐵製逃生梯都強烈晃動。道暻急忙用雙手抓住欄杆，上半身朝欄杆外傾斜，彷彿要跳下去。那瞬間男人大喊：

「站住！」

那聲音似乎是一個信號，逃生門突然打開，裡面跳出一個年輕男人。他將槍抵在道暻的太陽穴，壓低聲音說：

「不准死。」

道暻反射性站直身體。男人挖苦他說：

「你不是打算自殺嗎？看來你還是怕死。」

與此同時，白髮男人爬上最後一階樓梯，男人將道暻的手臂往後折，使他雙膝跪地。道暻對自己的懦弱感到可恥，同時還有對秀的罪惡感，湧上來的情緒讓雙眼積滿了淚水。男人用槍戳道暻的頭，問：

「為什麼殺死她？」

道暻緊閉嘴巴沒有開口。

「為什麼！為什麼！為什麼殺死她！」

年輕男人一副自己是秀的家人那般，對道暻大吼洩憤。男人如此直接的情感宣洩，使得道暻猜想，外界對秀的死亡肯定賦予了許多層意義。豆大的淚珠從道暻瞪大的雙眼嘩啦啦流出。

「我沒有殺死她！」

人們很好奇那到底是愛情故事還是犯罪案件，更準確來說，大家覺得這件事很有趣。然而，知道事情真相的兩個人，其中有一人已經不在世上，而另一人則無法信賴。一定有人記得他們是戀人。在新聞報導中，女人的同事指出曾在醫院前的餐廳看到他們一起吃飯，某咖啡廳的老闆則聲稱經常看到他們一起來咖啡廳，兩人坐下來喝喝飲料，沒說什麼話就走。

「最近很少人用現金結帳，所以我有印象。男人總是點啤酒，那個醫生總是點咖啡，而且總是男人用現金付款，所以我想過那個男人可能是薩哈。我們家的小孩也去那家醫院看醫生。醫生不可能和那種人見面嘛！我後來聽到後也嚇了一跳。」

「兩個人看起來像是在交往嗎？看起來像是男人強行拉著她走的嗎？」

「感覺像是男人被牽著走的。啊！有一次那個醫生突然先站起來，自己走了出去，所以男人就急忙掏出皺皺的紙鈔，像這樣塞給我，然後跟著跑出去。」

「他沒有拿找回來的零錢嗎？」

「有喔，找零他全都拿走了。」

即使有不少人目擊他們的互動，世上依然不當他們是一對平凡的戀人。因為比起證詞，常識更有說服力。男人又不是L2，而是個徹頭徹尾的薩哈，女人則是城鎮的小兒科醫生。有人說女人肯定有把柄被抓住，也有人說女人是被威脅的。

秀的父母離婚後，她從小就和後母一起生活，長達二十年以上；她和大自己十一歲的戀人論及婚嫁，卻在結婚前悔婚；她曾經動過整型手術等等，這些事都莫名其妙被挖出來了。即使人們為了理解秀的選擇，替她找了許多理由，終究還是沒有人理解她。戀愛是專屬兩人的世界，擁有只在那個世界才通用的常識。

這件事在私底下被公認為城鎮最大的緋聞，表面上則是一名男性薩哈姦殺城鎮女性的殺人案件。道暻終究沒能守護秀。秀變成了醜聞的主角，遭人消費，而道暻再怎麼掙扎都逃不出陷阱。不過對道暻而言，秀依然很神祕。

三〇五號，恩辰，三十年前

新型的呼吸道傳染病正在全球大流行。當時的專家僅推斷出疾病可能是經由飛沫傳染，並沒有找出實際的傳染原因和治療方法。雖然健康的人受到感染後，只會像感冒那樣病個十多天，自然就會痊癒，但若是呼吸道脆弱，或是本身有罹患疾病的人，很容易就會喪命，其中對患者、老人、孕婦和幼兒尤其致命。疾病最初發源地的致死率超過百分之四十，孕婦若被感染，百分之百會流產，絕無例外。不論是在懷孕初期還是中期，又或是即將臨盆，結果都是一樣。人們都說這疾病有可能會威脅到人類的生存。

唯獨城鎮和傳染病的恐懼相隔約一步之遠。因為城鎮幾乎不和其他國家交流，海外旅遊也非自由開放。在這裡沒有人勤洗手、配戴口罩或轉過頭去咳嗽。城鎮居民都是透過新聞看到大海對岸患者的症狀，以及確診者的增加趨勢，大家只是一派輕鬆的說不知道世界會變成什麼樣，為什麼會無法治療。

有一個小孩的呼吸聲從週五晚上開始變得粗啞。他的體型以四歲來說算是偏小，不曉得是不是因為呼吸困難，他不斷翻動小小的身軀，甚至一路滾到位於休息室角落的壁櫥前面。

他蜷起背部趴在地上，整個人像蟲子那樣蠕動，呼吸非常急促，而且中間偶有乾咳。這孩子本來就經常生病，所以教保員都以為他大概又感冒了，並沒有把這件事放在心上。那陣子的陽光非常溫暖，而且已經下過幾次春雨，空氣很清新，溼度也很適中。大家都覺得這次換季時應該會比較輕鬆，所以沒怎麼注意。只有約聘制的教保員恩辰覺得小孩的狀況有點奇怪。

週末時小孩的狀態惡化，但醫療團隊和正職教保員都沒有上班，所以恩辰只能先餵小孩吃緊急的備用藥。她餵小孩喝麥茶、讓他吃粥、幫他圍上圍巾，但小孩還是很不舒服、哭鬧不停，所以她整天抱著小孩安撫他。小孩的臉頰變得紅通通後，在恩辰的懷裡呼呼大睡，睡醒後哭鬧，哭完又睡，不斷睡睡醒醒。恩辰整天抱著孩子，手臂非常痠痛，其他教保員還抗議她為什麼只照顧同一個小孩，儘管如此，孩子還是越來越虛弱，讓她很想哭。

恩辰小時候也是公立育幼院的院童。城鎮獨立後，原來的居民大量失蹤，還有更多小孩被拋棄，恩辰也在那時失去家人，住進育幼院。她當時十二歲。

曾經有一個和恩辰同房間的妹妹，手指被門夾到，造成無名指和小指骨折。醫生先在她的手指打上石膏，再用彈性繃帶纏繞整隻手加以固定。偏偏她傷到的是右手。受傷的妹妹在吃飯時，總是為了夾一塊豆腐或夾一塊肉而孤軍奮戰。她把兩支筷子交疊成X型，夾在左手的拇指和食指中間，然後將筷子的夾縫貼近食物，並像握住拳頭那樣稍微出力。每次食物都從夾縫中彈出去，湯匙也只是將淺盤上的食物推到一側，很難撈起來。那時恩辰將小菜夾到妹妹的湯匙上，餵她吃飯、幫她換衣服並洗頭髮。恩辰本來就很會照顧人，她經常抱同房的妹妹，幫她們綁頭髮，還幫她們把蓋到手指的長袖往上摺短。

「你長大後應該要當教保員。」

主任教保員覺得恩辰很乖巧而隨口說出的話，卻對她有很深遠的影響。等她長大，也就是十七歲以後，就不能繼續住在公立育幼院。如果到時她沒有遭遇事故或生重病，那麼肯定還活著，但也只是活著而已。她認為之後的生活會自然延續下去，就像是水從高處往低處流、春暖花開時在炙熱的陽光下流汗那樣。對Ｌ２而言，一切都只能等著被安排，從來沒有人教她要擁有夢想，或是替未來做規劃。然而，那一句話改變了恩辰。

公立育幼院的小孩從十五歲開始會接受職業教育。第一年會廣泛地體驗開車、簡單的電器操作、烹飪等基礎且多樣的技術，第二年則會針對其中一個項目集中學習並實習。雖說是集中訓練，但所學的科目並非由孩子自己選擇，也非由教師考量孩子的特質來指定，而是隨機分配的。恩辰在十五歲生日當天，跑去找主任教保員。

「我要當教保員。」

主任盯著恩辰看了一下後，問她為什麼。

「老師您去年說過，我長大後應該要當教保員。」

「你可以在育幼院工作，例如廚房或清潔部，但是Ｌ２不能當教保員。」

「我知道，但老師還是跟我說，我長大後應該要當教保員。您那麼說了。」

主任把放在辦公室角落的椅凳拉過來，放在自己的身旁，然後讓恩辰坐下。

主任看著恩辰的眼睛，慢慢說明：

「我瞭解你。你很善良又勤奮，善於解讀別人的情緒，而且還很喜歡小孩，很會照顧人。除了你之外，其他小孩有的手藝很好、有的語言能力很好、有的很細心……大家都太可惜了。用把紙牌翻過來的方式，隨機決定你們的人生，像在玩紙牌遊戲那樣，我也覺得很無奈。我會試著幫你看看。」

恩辰被分配到烹飪科。她在教育期間取得幾個廚師證照，並在育幼院的廚房完成實習，然後在滿十七歲的生日當天成為Ｌ２，離開育幼院。弟弟妹妹都流著眼淚纏住她，恩辰一一擁抱他們後，跟他們約定會再次回來，會成為教保員再次回來。

恩辰拒絕了育幼院幫忙介紹的國立大學學校餐廳的廚房工作，就算那幾乎是育幼院的孩子所能做的最好的工作，她依然拒絕了。恩辰相信自己會成為教保員，並決心要等待那天的到來，然而當時她沒地方可住，所以她決定要去薩哈公寓。

在入住面試的場合中，恩辰一字一句緩慢但清楚地介紹自己，她說自己有Ｌ２的居留權和廚師證照，不過她其實想成為教保員，所以正在等待機會，還有她很喜歡小孩，也很會照顧小孩，她能將公寓的小孩照顧得很好。或許是因為緊張，恩辰說話時嘴角一直抽動，她為此感到害羞並擔心自己表現得不好。二〇一號房的老奶奶伸出手摸摸恩辰的頭。

「我們不是要考試，也沒有要替你打分數。你會做什麼，有什麼證照，那種事我們不太懂，也不重要。我們只想知道你住在這裡時會不會有什麼問題，以及能不能和現有的住戶好好相處。只是想彼此先打個招呼而已。」

恩辰成為了薩哈公寓三〇五號房的第一個住戶，那個房間之前一直空著。她花了很多時間擦遍房子的每個角落，她將所有的門窗都開到最大，整天擦了又擦。大家看了甚至開她玩笑，說再擦下去，房子都要被磨不見了。

在陽光明媚的白天，恩辰會和小孩在前院玩耍，她知道很多用粉筆在地上畫畫的遊戲。將石頭丟到數字上，然後跳過去把石頭撿回來；畫出圓圈當作踏板，然後在上面踩來踩去；連續畫出好幾個三角形、四角形和圓形，然後穿梭在不同的形狀之間。不管玩了幾次，恩辰總是會生出新的玩法。孩子們都纏著恩辰大喊：「再一次！再一次！玩其他的！再玩其他的！」而恩辰每次都會像變魔術那樣，拿著粉筆畫出其他的遊戲。

在下雨天，恩辰會把孩子們聚到老奶奶的家中，撿很多廢紙讓他們玩。她將沒有破損的完整紙張摺了幾摺後，用剪刀在邊邊角角剪出各種造型，然後再打開紙張，剪裁的部分便會形成一層又一層的神祕花紋。孩子們看了之後都低聲發出「哇」的讚歎。恩辰還會用小張的正方形紙張摺成鳥、烏龜、小狗和青蛙。比較小的孩子會把那些摺紙動物搜集起來，弄成動物園來玩，大一點的孩子則會向恩辰學習摺紙的方法，然後一直重複摺同一種動物。

恩辰將非常破舊的紙張泡在水中溶解後，製成紙黏土，接著再把紙黏土黏滿半個和臉一樣大的氣球，並且將眼睛的部位戳洞，鼻子的部位黏上更多黏土。這樣等黏土風乾後，就能完成面具。他們花一天把紙黏土黏上去，又花一天在風乾的面具上著色，然後再花一天戴上面具玩耍。孩子們利用廢紙玩遊戲，每過幾天就會換一種新玩法。

公寓是大人憂鬱的放逐之地，而小孩則是屬於那裡、不曉得該怎麼處置的麻煩附屬品。在公寓裡，小孩就是那種造成困擾的存在，孩子們也經常察覺到大人不耐的視線。恩辰來了之後，公寓對孩子們而言完全變成另一個世界。他們新學到名為「期待」的情感，開始對未來寄予希望，相信會有不同於昨天的新事發生，相信會有好玩的事發生。恩辰在走廊遇到三〇四號那對姐弟的媽媽時，媽媽向她道謝。

「小孩最近胃口很好。」

恩辰從來沒有為他們煮飯，也沒有餵孩子們吃飯，或是教導他們用餐的禮儀。不過孩子和身為他們監護人的大人都知道，讓孩子胃口變好的原因就是恩辰。

在恩辰和公寓的孩子玩耍的同時，主任教保員也為了遵守和恩辰的約定而努力。即使主任知道憑她個人想改變就業配置的系統，幾乎是不可能的事，她依然持續對外提出意見。

這件事被提出來公開討論後，有許多講師和教保員持有同樣的意見。主任也不斷提議要雇用L2作為教保員。教保員在夜間和週末也不能休息，所以都是採三班輪班制。她主張育幼院需要追加人手，以確保教保員的福祉和育幼院穩定的營運。雖然院方爽快地接受這個提案，但關於是否能將教保員的工作交給L2，仍花了許多時間討論。育幼院決定要藉由雇用恩辰來證實這件事是否可行，因此恩辰成為了兩年約聘制的教保員。

她等了很久。然而，真的傳來好消息時，恩辰反而開心不起來。她去育幼院後，公寓的孩子胃口會不會變差？她還沒做出決定時，為了處理合約和進育幼院的手續而前往育幼院。主任反而比恩辰更開心興奮。

「希望你真的能好好表現。這不僅是為了你，也是為了我，以及未來在這裡長大的孩子。」

恩辰夾在能做自己期盼之事的喜悅，和離開公寓孩子的罪惡感之間，當她煩惱不已時，這句話使她產生責任感，覺得自己說不定能成為一個契機。恩辰買了線圈筆記本，將十八個在前院玩過的遊戲畫在上面，並簡單記下遊戲方法。全都畫完後還有空白的頁數，所以她又畫了幾種動物的摺法。恩辰把筆記本遞給老奶奶，奶奶打開翻了幾頁後，說字太小看不清楚，叫她拿去放在管理室，讓大家自由參閱。

管理室的大塊頭男子縮著肩膀，正專注地在摺紙，恩辰過來時，他顯得有些不好意思。恩辰看到後，又多教了男子幾種摺法。放射狀花紋的摺法、使圖樣重複出現的摺法、長型緞帶的摺法、厚紙張的摺法、薄紙張的摺法……她還畫了幾種適合這些摺法的圖樣給他。男子一邊點頭一邊認真聽她說明。

恩辰和公寓的孩子約好，休假時一定會回來找他們玩。她離開育幼院時也跟弟弟妹妹約好會再回去，她已經遵守了第一個約定，所以她有自信能遵守第二個約定。

恩辰是最快察覺小孩子哭鬧理由的教保員。她最能聽懂發音不明確的孩子們說的話，她總是最先發現孩子的袖子變短、鞋子磨損，而且進入青春期的小孩都喜歡找她談心。兩年後恩辰又獲得續聘。她是最快發現那個小孩健康狀態異常的教保員，同時也是城鎮內新型呼吸道疾病的第二例患者，而首例患者就是恩辰所照顧的那個孩子。

那個孩子一出生就被送到育幼院，三年都不曾外出。在最近三個月中曾經跟他接觸的人，有同個休息室的七名三到四歲的男孩、五名教保員、兩名餵食輔助員和一名小兒科醫師。他們全都是住在育幼院或是在育幼院工作的人。若非透過進出育幼院的大人傳染，那孩子全然沒有受到感染的可能，當時城鎮肯定有確診者，那孩子卻還是被記錄為首例。

根據檢查結果，和他使用同個休息室的七名男孩全數遭病毒感染。育幼院遭到封鎖，恩辰和八名病童一起被隔離在育幼院內部緊急設置的隔離室內。

即使在緊急隔離室內，恩辰依然在照顧孩子，她不得不照顧他們。雖然她提出請求，希望外界能更積極的治療生病的孩子，但沒有任何人想走進隔離室。非Ｌ２的職員基於可能遭到傳染的危險性，全數被禁止上班，醫療團隊僅僅提供最低限度的治療後，便匆忙離開育幼院，反正也無法治癒。醫療團隊能做的事只有三件：檢查、隔離或解除隔離。

那年的春天遲遲不走。陽光稍微變得溫暖後，又突然刮起冷風，新芽才剛長出來，卻又降下足以折斷樹枝的暴雪。受到感染的孩子整個春天都待在房間裡，症狀稍微好轉時，他們會吊著含有止痛劑和營養劑的點滴一起畫畫，還會一起玩球、一起跳舞。他們畫彼此的臉龐，也畫窗戶、窗簾、樹木和雲朵。

孩子們把恩辰的臉畫下來作為禮物送她時，她也在素描本裡畫兔子給他們，作為感謝的回禮。當他們問她那是什麼時，她才想到：「啊，他們可能還沒看過兔子。」恩辰將雙手舉到頭上稍微動了動，跟他們說那是會蹦蹦跳的兔子。

孩子們依舊一臉茫然、無法理解的樣子。其中一個小孩指著圖畫中的兔子耳朵，問：

「這是手嗎？」

對那些孩子來說，育幼院就是他們全部的世界，而隔離室就是他們今年的春天，她該怎麼對這群孩子說明？孩子們瞪大眼睛等著答案。恩辰向他們仔細解釋：「那不是手，是耳朵。這種動物的耳朵很大，而且還會蹦蹦跳，牠叫做兔子。」

恩辰用對講機聯絡廚房，拜託他們把飯菜送過來時，也把圖書館裡的單字卡一起送過來。恩辰一邊將單字卡秀給孩子們看，一邊告訴他們住在山裡的大大小小動物叫什麼，也告訴他們在天空飛的鳥兒的名字，還有花朵和果實的名稱。孩子們看到兔子的單字卡時，全都大聲歡呼。

恩辰教導他們太陽的升落，教導他們月亮的升落以及每月的陰晴圓缺，還教導他們雨停後彩虹的生成。她告訴孩子們氣候有四季，春天過去後是夏天，夏天過去後是秋天，秋天過去後是冬天，冬天過去後，溫暖的春天會再次來臨，那時植物會冒出新芽、長出嫩葉，之後還會開花。她跟孩子們說，窗外的樹是櫻花樹，樹上很快就會開滿粉紅色的花。他們都還很年幼，大部分都是一臉難以理解的表情，但其中有一名小孩一直看著恩辰的眼睛專注地聆聽，聽著聽著又轉頭看向窗邊。他看著紛飛的小雪花緩緩落下的模樣，突然流下眼淚，問：

「春天為什麼不來？」

「現在是三月，從三月開始才是春天。這雪下得有點晚，只要雪停了，春天就會來。」

「雪看起來不會停，停下來的好像是我。」恩辰聽了之後，感受到一陣淒涼，那是無法以悲傷兩個字言喻的。她壓抑住突然顫抖的聲音，問：

「你難過嗎？」

「我害怕。」

在櫻花綻放之前，那孩子就死了。恩辰陷入沉思：「如果當時我沒有離開公寓，而是繼續住在薩哈公寓的三〇五號房，照顧公寓的孩子，現在會變得如何？」雖然她這麼想也毫無意義。這次的新型傳染病導致育幼院六分之一的院童死亡，另外兩名留守育幼院的L2職員也死了，其中一個就是恩辰。

育幼院的嬰幼兒主治醫師，在一個月前為了參加研討會請了兩天假。他受邀參加海外醫療團的研討會。研討會的參加成員中，有部分人出現新型呼吸道疾病的症狀，但他們並沒有正式被納入感染的統計數據中。他們的移動路線、接觸者以及曾經待過的醫療機構，全都保密處理。這麼做的理由是，如果公開過多的資訊，可能會造成社會混亂，並且將不利於身負使命感治療傳染病的醫療團隊。

育幼院或是以L2為主的宿舍、工作場所等，一旦出現疑似病例，就會立刻遭到封鎖，大多數的案例都有非感染者一起被隔離的狀況發生。能活下來的人就會自己活下來。隔年春天，當最後一名Ｌ２患者死亡後，城鎮便宣告新型呼吸道疾病正式結束。

三一一號，花子奶奶，三十年前

聽說公寓外正在流行新型呼吸道疾病。雖然薩哈公寓內沒有出現確診者，但在流行病快結束時，有一個自稱得病後痊癒的孕婦，雙手捧著圓鼓鼓的肚子來到公寓。管理員問她是否真的痊癒了，花子奶奶則問她是否真的染過病。針對這兩個問題，她都用力點頭。

「孩子呢？孩子沒事嗎？」

聽了奶奶的問題，女人點頭點得更用力，說：

「沒事。因為孩子沒事，所以現在很危險。」

一個肚子大到快要炸開的女人，一個因為大肚子而沒辦法走、沒辦法坐、也沒辦法站的女人。公寓裡沒有人忍心叫她離開。

粗大的雨滴彷彿要將窗戶擊碎般，用力敲打著。從收音機流淌出來的音樂聲，全被吵雜的雨聲蓋了過去。反正聽不太清楚，再加上眼皮也變得沉重，所以花子奶奶索性關掉收音機的電源。過了一下子，傳來一陣緩慢的敲門聲和一個微弱的女聲。

「請幫幫我。」

然後敲門聲又再次響起。

「那個……是我。請幫幫我。」

花子奶奶剛來公寓時，只是個年輕的阿姨，離奶奶這個稱呼還很遠，但她卻要公寓的住戶稱她為奶奶。雖然大家起初覺得有些彆扭，但很快就熟悉了這個稱呼，幾年的時間就那樣流逝。雖然花子奶奶還不算老，但若要求別人叫她奶奶，也不再那麼尷尬了。然而，那個女人依然無法叫她奶奶。花子奶奶認出了那個女人的聲音，她叫花子奶奶時，總是用「那個」來稱呼。

奶奶快速起身跑向大門，她的手抖到連防盜鎖都打不開。當她好不容易抓住門把，把門打開時，女人朝奶奶的方向整個摔了進來。不曉得女人哭了多久，整張臉都腫起來，看起來狼狽不堪。幾天前奶奶看到女人下垂的肚子時，覺得她距離生產日應該沒剩多久，所以便把藏在抽屜深處的接生工具掏出來檢查。她一邊為一次都沒用過的臍帶剪刀消毒，一邊默默祈禱，希望不要在深夜緊急打開這個箱子。結果她卻在下雨的深夜，用顫抖的手打開這個箱子。

女人躺在地板上隨意鋪放的皺巴巴墊子上，她全身冒汗，不停顫抖，彷彿隨時會斷氣。雨在玄關燈沒開的昏暗房間裡，置於床頭的一盞低亮度白熾燈，將女人的臉龐染成橘黃色。雨水沿著不光滑的玻璃窗紛然流下，羊水和血液混合成黏稠且光滑的液體，從女人的下體流出。

奶奶在原生國家是一名助產士。她沒有助產士的執照，不過之前在小型的私人醫院裡擔任護理助產士時，透過前同事的介紹，轉到助產所工作。在那裡人們都稱彼此為助產士，不過實際持有證照的人只有所長而已。

雖然助產所的規模很小，但一直都有孕婦來所裡生產，她們大多都覺得醫院的分娩系統很不方便。生產由所長負責，其他的助產士則會用乾淨的毛巾裹住剛出生的嬰兒，並將嬰兒放到產婦懷中，等臍帶的血流脈動停止後，便幫助孩子的爸爸親自剪斷臍帶，然後再打掃周邊環境，將產婦身體流出來的胎盤、分泌物和血液等東西處理乾淨。花子奶奶每天都在一旁觀看生產過程，所以她默默下定決心絕不要生小孩。

當花子奶奶繼所長之後，成為在助產所任職最久的職員時，所長小心翼翼地向她提議，要不要做做看所長在做的事。

「這當然是違法的。雖然不合法……但我實在找不到能負責整個生產過程的助產士。不管是有證照的人、有經驗的人還是想做這件事的人，一個都沒有。你不是在旁邊看過很多次，幫過很多忙，和我一起做了很多次了嗎？」

花子奶奶不太願意。雖然她也曾經想考取助產士的證照，但那首先得要有護理師的證照才行。也就是說，她得從進大學就讀這件事開始。對她而言，並沒有能力、時間和金錢去考大學入學考試，然後在合格後花幾年的時間就讀大學。所長一見奶奶猶豫不決，便稍微更動提議的內容，說：

「當然不是要你全權負責，我會負責的。但有時不是一次有好幾名產婦住院嗎？那種時候，你只要在那時稍微幫忙就好。」

雖然沒有應試資格，但奶奶在補習班補習時，曾經準備過助產士的證照考試，而且在模擬考試中也取得能合格的高分。她有自信在理論和實務方面都不落人後。某天晚上有兩名產婦同時陣痛，花子奶奶在沒有所長的幫助之下，獨自接生了小孩。她非常熟練地順利接生，沒有任何問題。幾個月後，她也做起流產的工作。

助產所內的空間規劃並沒有很明確，這是為了讓孕婦和家人能很自然地熟悉懷孕和生產的所有過程。在大廳的一角，有孕婦和家人坐在沙發上聊天，而在另一角，則有陣痛中的孕婦坐在生產球上做體操。在恢復室中，每張病床都附有嬰兒床，產婦大多都會在那裡待上一週。恢復室同時也作為病房，提供有流產危險、孕吐嚴重或苦於各種痛症的孕婦使用。診間內擺放的不是婦產科專用的、那種方便雙腿張開的診療椅，而是一般的病床。產前檢查、生產、產後休息都是在同個診間進行。另外，雖然那張病床在生產時會使用，但墮胎時也會使用。

在原生國家，墮胎的限制很多。只有在父母患有傳染性疾病或遺傳性疾病時，因強姦而懷孕時，孕婦的健康狀態不佳必須中斷妊娠時，才獲准墮胎。即使是懷孕初期，孕婦也不能自行選擇中斷妊娠。國家針對墮胎的處罰很重，一旦發現違法墮胎，女性將被處以徒刑或罰金，協助墮胎的人員也會被量刑，醫護人員則可能予以吊銷執照。

花子奶奶任職的助產所，也會進行墮胎手術。雖然生命很寶貴，生命誕生的瞬間也應該得到祝福，但是所長認為要不要將小孩生下來，應該要由身為當事人的女性來決定才對。不管怎麼說，生產都很痛苦，而且還伴隨無數的疼痛和疾病。由一連串的因果連成實線的女性一生，在生產的同時，會突然被刀子截斷，而孩子的人生，也會和原本預期的完全不同。孩子的誕生，並非總是最好的結果。

所長認為不生下小孩的決定和生下小孩的決定都一樣珍貴，都需要尊重，所以他堅信生下孩子的地方，也該用來墮胎。人們可能對懷孕不瞭解，也可能不小心懷孕，狀況或想法也可能會改變。除此之外，所長認為最重要的是，不能因為一次的失誤，就毀掉一個人的一生。

助產所會從海外購入能調節荷爾蒙來中斷妊娠的藥，然後販售給懷孕十二週以內，想要墮胎的孕婦。另外，所長會直接替懷孕六個月內的孕婦進行墮胎手術，不會詢問任何個人資訊。雖然手術費用不低，卻也不是不合理的巨額。他們總是害怕遭人舉發或突然遇到稽查，總是苦於世上價值觀所注入的罪惡感。

那天助產所特別冷清。所長緊急出差幫忙居家生產，而花子奶奶正跨坐在大廳內的大生產球上。當身體稍微傾斜時，她便抓回重心，再次傾斜時，她又試著抓回重心。那時，掛在大門上的鐘叮叮響了，她卻沒看到任何人走進來。「聽錯了嗎？」她不以為意，再次藉著球的彈性左右晃動。門口的鐘再次發出叮叮聲響，這次依然沒有人走進來。「是怎麼回事？」花子奶奶從球上起身，慢慢往大門方向走過去，一個站在玻璃門外的小小身影倏地消失不見。奶奶穿上鞋子打開門走出去，然後轉彎走下樓梯。一個看起來不到二十歲的女孩蹲坐在二樓和一樓的樓梯間，她身旁站著一個男孩。

「你們在惡作劇嗎？」

「我們沒有。」

男孩一臉叛逆地頂嘴。

「你們有什麼事嗎？」

女孩子緊閉嘴巴，男孩子則將頭埋入雙手中。雖然花子奶奶大概知道他們為什麼會來，卻沒有先開口點破。過了許久，女孩避開奶奶的視線，問：

「應該有四個月了，吃藥能流掉嗎？」

「超過十二週就要動手術。」

「那樣的話……錢不太夠，如果您能先幫我動手術，我會慢慢還錢的。」

「沒有辦法。」

女孩似乎沒想到自己會這麼直接被拒絕，顯得有些慌張。花子奶奶再次加重語氣說：

「不管你是要去借錢、賺錢還是去偷，那個你自己看著辦。無論如何都要付手術費，我們是先付款的。」

她也沒有辦法。越是面對像他們這樣有迫切危險需求的人，越是要冷靜，不能帶著行善或做公益的心情來工作。她接著又對男孩說：

「我覺得費用應該要由你來出才對。你知道你朋友那年輕的身體要承受多大的事嗎？」

男孩瞪了花子奶奶一眼，然後對女孩說：「你先進去。」接著就跑了出去。奶奶將女孩帶到助產所內，她打開診間，要女孩在裡面躺著休息。不知道為什麼，要女孩在大廳等待，總讓她有點過意不去。女孩說了聲謝謝後，便無力地爬上床。奶奶既不覺得放心、也沒感到不安或心生憐憫，或許當時這些情緒全都參雜在一起。

還不到三十分鐘男孩就回來了，他將一張支票放到櫃檯上。不曉得他是否事先打聽過費用，支票上的金額正是手術的費用。

「這麼短的時間你去哪裡湊錢？對你來說這應該是一大筆錢。」

「偷來的，你不是要我去偷嗎？」

「什麼時候要動手術？雖然是全身靜脈麻醉，但畢竟還是麻醉，要在身體狀態比較好的時候進行，也需要禁食。」

「反正不管怎麼調整，身體狀態都不會變好，我們從昨天起就沒吃東西，已經算是禁食了，而且我們只有今天有空，所以請你現在就幫忙動手術。」

花子奶奶稍微猶豫之後，點了點頭。手術很簡單，而且這兩個孩子看起來好像真的只有現在才有機會。

「我知道了，準備好馬上就開始。不過你們之後要小心才行。」

女孩趴在病床上，她熟睡到有人進來都不知道，奶奶不忍心叫醒她，盯著她看了好一陣子。其他幫忙的助產士進房後，將女孩扶坐起來，跟她說明手術的相關內容，但女孩卻一直點頭打瞌睡。點滴的針頭插入手臂時，女孩瞬間張開眼睛喊了一聲媽媽，然後又再次緩緩閉上眼睛。奶奶覺得女孩很可憐。

將血塊從身體拉出來的過程，很快就乾淨俐落地結束。奶奶將毯子蓋在女孩身上，讓她在診療床上多睡一會，但女孩卻久久都沒有醒過來，再怎麼搖動女孩的身軀，她都沒醒。她的脈搏越來越弱，血壓持續降低，體溫也下降，奶奶慌得什麼都做不了。這是無執照的違法手術。「我該怎麼辦？助產所該怎麼辦？所長又該怎麼辦？」各種想法紛至沓來，奶奶的腦中變得一片混亂。等她好不容易振作精神叫了救護車時，女孩已經停止呼吸了。奶奶立刻逃離現場，一路逃跑到公寓。

有好一段時間，奶奶一直夢到女孩在病床上，突然睜開眼睛起身，她每次都尖叫著從夢裡醒來。奶奶再次計算麻醉劑的藥量後，腦中浮現那孩子眼皮沉重到睜不開的模樣。她從注射針頭插入孩子手背的那個場景開始，一一仔細回想。一切的流程都和之前的手術一樣。如果那場手術沒有違法，她是否能更快採取急救措施？女孩有沒有可能在更安全的地方動手術？讓她痛苦不已的是，就連這份遺憾都像是在辯解。

奶奶很清楚這一切都是她的責任。即使犯了那麼大的錯誤，她卻沒有受罰，也沒有負起責任。她總想著，有一天自己得付出代價，否則她將會懲罰自己。

奶奶看著正在哭泣的女人的眼睛，說：

「你如果繼續哭鬧或尖叫，就會累得生不出孩子，所以不要哭了。不要白白浪費力氣，我要你出力時，就像在拉屎那樣出力就行了。很快就會結束。」

女人閉上嘴巴，停止哭泣。她按照奶奶的指示，冷靜地吸氣後憋氣，接著再吐氣，如此反覆做同樣的動作。過程中她彷彿產生了什麼預感一般，突然抓住奶奶的手，拜託奶奶親自撫養這個孩子，不要把孩子給任何人。

嬰兒的頭先冒了出來，整顆頭都黑漆漆的，非常的黑。奶奶雖然受到驚嚇有些慌張，仍然努力冷靜下來。女人聽奶奶說已經看到孩子的頭，便發出一聲很長的悲鳴。嬰兒的大頭很快就將陰道口撕裂，從女人的下體鑽了出來，狹窄的肩膀和身軀沿著頭開出來的路，輕輕地滑出。

嬰兒的雙手縮在胸口，雙眼緊閉。她的頭髮被羊水浸溼而纏繞在一起，長度快蓋過眼睛，髮量也很多。奶奶為了取出嬰兒口中的異物，將吸痰器放入她的嘴巴裡時，指尖傳來堅硬的觸感。奶奶小心翼翼地將嬰兒的嘴巴扳開來看，上下各有四顆牙，總共有八顆牙齒。一股寒意瞬間沿著脊椎從背部往上竄到頭頂，奶奶的手一軟，差點讓嬰兒掉在地上。前所未有的恐懼朝她襲來，那是過去無數次接生孩子時也不曾有的感受。

猶如睡著般陰險地閉著眼睛的嬰兒，以及用盡自身全部力氣而永遠闔眼的媽媽。孩子媽媽的表情在死前凝固，她張著嘴巴，彷彿還有話要說，以前那個女孩的臉龐重疊浮現在上面。奶奶下定決心，無論發生什麼事，她都要守住和孩子媽媽的約定。

嬰兒出生後，大雨奇蹟似的立刻停下，夜色也逐漸變深。奶奶彷彿被黑暗迷惑了一般，止不住席捲而來的睡意。她用毛巾層層包住嬰兒後，點頭打起瞌睡。嬰兒在懷裡稍稍顫抖了一下，隔了一會又再次抖動。奶奶小心地將毛巾往下一拉，嬰兒便緊皺眉頭，用她的小眼睛環顧周圍，然後打起嗝來。嬰兒將望向窗邊的視線轉移到奶奶這一側，她的眼神十分清晰且明亮。

女人的屍體被研究院收走了。研究院的人正在收拾屍體，那時一個呼嚕呼嚕的聲響挑錯時機，突然從奶奶緊抱在懷中的毯子裡傳來，任誰都會覺得那是動物的聲音。一個嘴巴兩側開始生成些微皺紋的男人，往奶奶的身邊靠近，並將手伸向毯子。奶奶吃了一驚，往後跳一步。男人張開雙手，將手掌展示給奶奶看，努力笑得很溫柔，然後再慢慢走近奶奶，說：

「您應該沒辦法獨自扶養，我只是想確認我們是否能幫上忙。」

奶奶雖然不相信這個男人，但她同樣很害怕懷中的嬰兒，所以難以拒絕男人可疑的好意。在奶奶猶豫不決的同時，男人已經靠到奶奶的跟前，用右手拇指將毯子的邊緣稍稍往下拉。看見毯子內的嬰兒時，男人的眉毛不禁往上揚起，但很快又恢復正常。雖然他的表情沒什麼變化，呼吸卻變得急促。

「您獨自一人應該無法撫養，若有需要請隨時聯絡我，我會盡可能幫助您。」

男人的名片上既沒有名字也沒有住址，只印著一個辦公室的電話號碼。

那年晚秋降雨量特別少，天空正打著雷，遲來的梅雨嘩啦啦傾瀉而下，友美默默誕生了，而女人則悄悄地死去。那個夜晚，距離女人捧著鼓起的肚子來到薩哈公寓的日子，整整隔了十五天。

在那個夜晚之後，薩哈公寓的住戶開始在花子奶奶的幫助下產下嬰兒。隨著嬰兒接連出生後長大，薩哈公寓成了一個小世界。

友美出生後，奶奶用湯匙餵她喝了好幾天的麥茶，等那些麻煩的事情都解決之後，奶奶便從超市買回新生兒專用的奶粉。這孩子一次都沒咬過媽媽的乳頭，她知道怎麼吸奶瓶嗎？奶奶帶著沉重的心情，讓友美躺在她的左臂彎，然後用右手抓住奶瓶，輕輕將散發奶粉腥香味的橡膠奶嘴，靠近友美的左側臉頰。友美迅速將脖子傾向左側，然後緊緊咬住奶嘴拚命吸奶，彷彿快撕裂橡膠奶嘴那般。

奶水瞬間就被吸光，友美還發出簌簌聲響，繼續吸吮奶瓶中的空氣。奶奶趕緊將奶嘴從友美的口中抽出來，然後讓她坐直身體。友美像大人那樣打完一個大嗝後，立刻腹瀉，不停拉出水便，甚至溢出用舊被套做的尿布。從那之後，當友美用力哭到整張臉紅得發黑時，只要讓她咬住奶瓶，她就會止住哭聲，拚命吸吮奶水，但喝飽後又會立刻腹瀉。奶奶終究還是撥打了名片上的那支電話。

奶奶請求幫忙時，語氣理所當然到讓人覺得她很厚臉皮。奶奶認為必須那麼做，才能守住和孩子媽媽的約定。她掩飾心中的不安，冷漠地說：

「孩子的死活與我無關，但我不想把孩子給別人，我就是不想。」

奶奶和研究院達成協議，研究院會在友美的成長過程中提供協助並給予治療，但必須要讓他們觀察並記錄那過程。那天以後，友美都喝研究院配給的特殊奶粉，而每當她生病或受傷時，都會去研究院接受治療。奶奶總是惴惴不安地牽著友美進出研究院。年幼的友美不曉得自己所享有的優待，對薩哈來說有多麼難以想像，所以她也不理解公寓裡生病且敏感的大人，為何會對自己帶有奇妙的敵意。她有時會莫名為此感到畏縮，有時則會憤怒。

她在研究院時也是如此。即使接待室的職員認出友美和奶奶，開心地和她們打招呼，也不能馬上放她們進去。職員必須先打電話給負責人，然後辨識她們的指紋，接著才能帶她們去搭電梯。職員要在觸控面板感應保安卡片，電梯才會來，而且電梯門只會在事先設定好的樓層開啟。每次出來接待她們的都是不同的研究員，那些研究員的白袍上都沒掛名牌，而且雖然他們親切有禮，卻總是保持距離。

研究院傳喚她們過去的時間非常不規則。次數少的時候，一年只有一兩次，頻繁的時候，幾乎每週都被叫過去。

「請把衣服脫掉。」

一名盯著螢幕的年輕男研究員說。當時十二歲的友美不禁縮起肩膀，奶奶盡可能慢慢解開友美襯衫的鈕扣，同時問道：

「您是說襯衫嗎？」

「上衣、褲子還有內衣，全部都脫掉。」

「孩子現在都長大了，這樣是不是太失禮了？」

研究員帶著親切的微笑，回答道：

「在醫院也沒人是穿著衣服打針、動手術的啊！您就當這裡是醫院，實際上對我們這位朋友來說，這裡確實算是醫院。」

友美低聲喃喃自語：「叔叔才不是我的朋友。」雖然研究員替友美做檢查時，經常有驚訝、慌張和擔心的情緒，有時甚至會害怕，但他們從來沒有明確告知奶奶理由為何。他們總是回答說不清楚，還口徑一致，猶如背稿那般，一律說自己是新進的研究員，只是按照負責人的指示做事並呈上報告，診斷、判斷和決策都是負責人的責任，不過他們從來不說負責人是誰。奶奶不得不配合他們的要求，每當那時，奶奶感受到的不安、懷疑和絕望，也都原封不動地傳達到友美身上。

……

男人到公寓時，友美正值二十歲。男人沒有說自己來到公寓之前，在哪裡做什麼事，度過什麼樣的生活，又是為何會躲到公寓來。雖然公寓的住戶都不滿意男人那副理所當然的模樣，但花子奶奶有不同的想法。

「有難言之隱的人大多都不壞，反而是那些想盡辦法繞著圈說謊的人才壞。」

後來沒過多久，老管理員生了重病，男人便自然而然接下管理員一職。雖然這次也是花子奶奶推薦的，但實際上除了男人之外，確實沒有其他合適的人選。公寓的住戶都稱呼新管理員老頭。

老頭不太清楚公寓的構造和特徵，也不瞭解公寓住戶的個性，所以處理各種大大小小的事情時都很辛苦。然而這時卻突然冒出一個小嬰孩。一個看起來不滿百日的嬰兒，身上裹著層層包巾，全身都埋在布裡，包巾上連一張紙條都沒有，就那樣被丟棄在管理室前。嬰兒的包巾和嬰兒服看起來都很昂貴，而且渾身散發出嬰兒特有的奶腥味，那味道令人心情愉悅。不曉得他是不是正在做吃東西的夢，發白的嘴唇不停蠕動，嘴邊還帶有細長的嘔吐痕跡。

管理室老頭慌得不知所措，他直接抱起躺在包巾內的孩子，一路走到花子奶奶的家門前，卻又折返走回管理室，把嬰兒放在管理室的地板上，然後再次走到奶奶家門前，藉著昏暗的窗戶往內看了一眼，又重新回到管理室。在前院抽菸的A棟男子，看老頭這樣來來回回，便搖搖晃晃地走進管理室，問道：

「老頭，你喜歡花子奶奶嗎？」

「吵死了，瘋子。」

「每次只要花子奶奶在，你就會不知所措，講話結巴或避而不見。你對其他人都不會那樣嘛！為什麼你對公寓住戶那麼隨便，卻特別在意花子奶奶呢？如果不是因為喜歡她，難道是被抓住把柄了嗎？」

老頭稍微掀開包巾，讓男人看躺在裡面的嬰兒。男人急忙將手上的香菸丟到遠處，並用雙手揮散煙霧。

「在公寓裡能撫養嬰兒的，感覺只有花子奶奶。」

「她獨自撫養友美就很辛苦了……對她實在很抱歉，覺得開不了口。」

「友美是老頭的孩子嗎？為什麼要說奶奶撫養友美辛苦了，還說對她很抱歉？真的很可疑喔！」

男人伸長脖子盯著嬰兒看了好一陣子，說：「很可愛耶！」然後便一聲不響、搖搖晃晃地走出管理室。

後來老頭終究將嬰兒抱到花子奶奶那裡去。當花子奶奶用拇指指尖輕碰嬰兒的右臉頰時，嬰兒的頭便跟著奶奶的手指頭轉動，然後張開嘴巴，稍稍吐出舌頭並噘起下唇，不停吸吮空氣。

「看來他餓了。」

奶奶將嬰兒往自己的胸口抱，然後轉過頭慢慢分次吐出長氣。老頭覺得花子奶奶刻意背著嬰兒嘆氣，代表她應該會撫養那孩子，所以內心不禁鬆了一口氣。

城鎮不會遺棄孩子。在城鎮最重視的就是生命的價值，所以不論是誰，甚至是薩哈，政府都會無條件提供醫療補助，讓孩子能平安出生，不過補助僅止於生產。因此，在城鎮裡不會發生年幼女學生獨自在廁所內產子的社會案件。不過必須正式加入醫療保險，才能在不支付額外費用的情況下，和孩子一起出院。沒有加入醫療保險，或是不能表明身分的產婦，甚至會將嬰兒丟在醫院的新生兒室，然後偷偷逃跑。被丟棄的嬰兒會由公立的育幼院來撫養，在那裡他們能得到充分的營養補給、照顧、適當的醫療資源和教育優惠，然後在十七歲時取得L2的居留權，離開育幼院。

城鎮實施居民許可制，只會將國籍發放給優質人才，所以國家的生產力和國民所得都高得驚人，不過勞動力卻非常缺乏。人們每天吃喝拉撒睡的地方，總是需要有人料理食物、打掃環境並處理排泄物。企業、工廠和研究院若要正常運作，也需要能打雜的人力。然而，城鎮的居民不會去做那種工作。人口本來就很少，所以市場規模也非常小。

為了解決人口稀少的問題，並擴增廉價的勞動力，城鎮將有期限的L2居留權，發放給沒有資格取得國籍的人。另外還默許連L2居留權都沒有的人，持續留住在城鎮。L2和薩哈的人口就這樣逐漸增加，從二十多年前開始，便持續占有全體人口的百分之三十。這比例並不低，像這樣的人口規模，能充分成立團體或集團來從事活動，但這數十年來他們什麼動作都沒有。

起初是因為對蝴蝶革命的記憶。消防直升機朝著示威隊伍灑水，還有數量多於示威人群的軍人和警察在揮動武器，那些畫面依然殘留在人們的腦海中。當時待在現場的人，大多都已傷亡或遭到拘捕，所有人最終都被逮補了。躲在巷尾的、躲在樓房屋頂的、躲在廁所裡的，又或者藏在別人家圍牆內的，全數都遭到逮補。即使有人運氣好一時躲過，在隔一天、下個月、下一年，終究還是被逮補了。一旦企圖傳述、撰寫或描繪當時的狀況，一律都被當成參與現場的人，遭受懲處，所以誰都不敢提蝴蝶革命。既沒有資料也不能談論的事，輕易就讓人們的記憶扭曲了，唯獨恐懼加深。

當蝴蝶革命逐漸從人們的記憶中淡去時，原本是城鎮居民的L2，他們生下的第二、第三代，占總人口數更高的比例。孩子生來就是L2，所以他們既不質疑，也不反抗。說那是他們理當盡的義務並不恰當，但若說那是他們的命運，卻又過於沉重。他們本來就是那樣生活。做好分配到的工作來賺錢，不會好奇一起長大的同輩有什麼樣的前途，每兩年延長一次居留權，和生活類似的人見面並相愛，然後在醫院產下孩子。

來到花子奶奶家的孩子，和被丟棄在醫院的孩子不太一樣。他在成長的過程中總是感到匱乏與不安。他沒有成為L2，而是淪為薩哈，他的內心總是帶著永遠解不開的疑問，以及沒有明確對象的憤怒。不僅是在薩哈公寓，他在城鎮裡也幾乎是唯一一個「被丟棄的孩子」。老頭稱孩子為「沒有媽媽的小孩」。雖然友美非常討厭那個稱呼，總是跟老頭爭論，但老頭卻說那沒什麼不對。

「所謂的爸爸本來就不存在，不過沒有媽媽就不可能有小孩。他們的媽媽可能是死了或被帶走，又或是他們自己被媽媽丟棄，大概就那幾種狀況吧！你知道為什麼那些在育幼院長大後成為L2的孩子，會那麼輕易懷孕，生產後又輕易將孩子丟在醫院，讓他們的孩子成為L2嗎？因為他們覺得自己沒有媽媽，覺得自己一開始就沒有，覺得那是有可能的事。我不是要跟那個孩子說他沒有媽媽，而是想告訴他，他其實是有媽媽的。」

友美想到自己也有媽媽。「老頭、花子奶奶和公寓裡的所有人，原來都有媽媽啊！」她重新認知到這一點。

「他的媽媽是誰呢？」

「雖然不知道是誰，但應該好過把孩子丟在醫院的父母。」

「看她把孩子丟在這裡，應該不是在醫院生產的，那麼她到底是在哪裡把孩子生下來的呢？」

「其他地區可能還有像薩哈公寓這樣的地方吧！」

老頭不以為意地說出極其荒謬的假設，讓友美感到慌張。老頭瞥了一眼突然說不出話的友美，露出苦澀的笑容。

「怎麼了？你覺得不會有那種地方嗎？地獄不可能只有一個啊！火地獄、水地獄、冰地獄、針地獄，然後在那底端的某處有薩哈公寓，旁邊則是那個孩子出生的地方。」

在地獄出生後，又在另一個地獄長大的孩子。友美看著往後會在花子奶奶的撫養下，成為自己弟弟的孩子，既害怕又覺得他可憐。

孩子的發育有點遲緩。樓下在差不多時期出生的孩子，脖子已經能出力支撐頭部並翻身，而且還能慢慢將手臂往前伸，推著東西前進，但友美家的孩子，光是躺在地上呆呆看著天花板。

「奶奶，他是不是哪裡生病了？他的爸媽是不是本來就知道他有問題，養到一半終究還是把他丟棄了？」

「很會吃、很能拉、很會玩，時間到了也很能睡，在我看來他非常健康啊！」

友美趁奶奶外出的時候，將孩子立起來抱在懷中，撐著他的脖子跟他說明脖子出力的方法，還和他並排躺在地上，身體翻來翻去，示範翻身的方法給他看。孩子短短的四肢光是隨便動來動去，根本沒有跟著友美做動作。當樓下的孩子開始在地上快速爬行時，友美家的孩子才好不容易能翻身。不過因為他的頭太重，所以鼻子總是會在翻身時撞到地板，孩子將臉埋在地板上哇哇大哭，不曉得他是因為撞疼了，還是因為太鬱悶。友美嫌棄發育遲緩的孩子，放任他繼續哭鬧。花子奶奶讓哭泣的孩子端正地躺在地上，孩子一直都很乖，頭型變得很平坦。

孩子從傍晚開始就張著嘴，雙手伸直成萬歲姿勢，睡得非常香甜。友美和奶奶沒有降低說話的音量，吃飯時也沒刻意小心不發出碗筷碰撞的聲音，但孩子在整個晚餐的時間動都不動，睡得非常沉。

「他怎麼都不覺得吵，還睡得那麼沉？」

「因為他很乖啊，你就不是那樣。」

「那我以前是怎麼樣？」

「要抱著你，你才會睡。一想要把你放到地板上，你就又哭又鬧吵得不得了。體重那麼重，個性也該沉著點才對。我因為你都短命十年了，你以後要背我才行。」

聽奶奶那麼說後，友美腦中突然浮現一個想法。

「是不是因為我們不常抱他才這樣？是不是因為這樣，他才連翻身都翻不過去，光是躺著？」

「當然如果經常抱他，讓他坐著，幫他換各種姿勢，孩子的身體自然也會出力，他也能更快學會翻身。不過，提早一兩個月先學會轉頭、學會翻身、學會走路又怎麼樣？那很重要嗎？」

友美看著熟睡的孩子沉思了好一陣子後，慢慢開口說：

「奶奶，我覺得這很重要。我們家的小孩發育得比樓下那個孩子慢，這件事讓我很傷心。我很討厭樓下的大叔總是問我，為什麼我們家的小孩光是躺著。他假裝關心我們家小孩其實是在炫耀他們家的孩子。我會有討厭、開心、難過和高興的感覺，這些情緒怎麼會不重要？」

友美從隔天開始努力抱小孩。雖然友美抱小孩時顯得很生疏又彆扭，別人看起來也覺得很奇怪，但她還是儘可能抱著小孩到處走。她抱著孩子去參觀花子奶奶工作的菜園，抱著他在遊樂場散步，偶爾還會和在前院玩耍的小孩一起玩。孩子被抱著到處走時，會把雙腿伸直，脖子伸長，手臂還會晃來晃去。平躺在地板上時很乖巧的孩子，被抱著走時便耍起性子來。

他不分晝夜地哭鬧，連覺都不睡，還在地上翻來翻去、到處亂爬，甚至把水打翻、撕破書頁，開始調皮搗蛋。友美開始覺得照顧小孩很累，花子奶奶告訴她，如果累了就放著不管，讓孩子哭。

「孩子多少要哭一下才會開嗓，這對他也好。」

「奶奶，你在我小時候也放任我哭嗎？」

「我不用讓你哭，你自己也哭夠了。」

友美經常抱著孩子哄他，追在他後面跑，幫忙收拾爛攤子，後來才突然想到，她們還沒幫孩子取名。孩子來到公寓已經過了三、四個月，奶奶和友美卻光是叫靜靜躺著的孩子「小乖」、「我們小乖乖」。因為他不會哭，不會耍脾氣，不會到處闖禍，所以不需要叫他的名字。友美決定要幫孩子取名。她從自己的名字中取一個字，又從奶奶的名字中取一個字後合在一起，稱孩子為「友子」，奶奶聽了之後一臉嫌棄。

「哎唷！那是什麼！把我的名字拿掉！」

於是友美只從自己的名字中取一個字，重新為孩子命名為「友然」。奶奶壓低音量輕輕喊一聲「友然啊」，然後說名字很好。孩子的名字就這樣定了下來。有人在注意自己時，孩子就會哭鬧。要哭鬧才能再被抱一次，才能再被叫一次名字。於是他就在哭鬧中，被抱著長大。有一陣子友然叫花子奶奶和友美時，喊的都是媽媽。友美覺得或許是因為姐姐比媽媽還難發音，所以不太在意，但這次花子奶奶也一臉嫌棄，並對友然說：

「我為什麼是你媽媽？你叫叫看奶奶，奶～奶～」

友然跳過發音含糊不清的階段，馬上一個字一個字清楚地說「奶奶」。友美嚇了一跳，教他發音的花子奶奶也嚇了一跳。不過除了奶奶之外，其他的單詞友然都要花很長的時間才能學會。友然不論是走路、說話還是不必穿尿布，一直都比樓下的孩子還慢。

⋯⋯●⋯⋯

B棟的三一六號住著一對年輕的夫婦。男人做的是大部分薩哈公寓的男人在做的工作，女人做的也是大部分薩哈公寓的女人在做的工作。然而從某一天開始，兩個人幾乎都待在家裡，隔幾天才偶爾一起外出。女人在盛夏穿著長袖T恤或戴著口罩出門，雖然是不常見的穿著，但也不是特別奇怪，不過還是被人說閒話。有人說丈夫對妻子疑心病太重，也有人說妻子生病了，還有人說夫婦兩人在信仰異端宗教。

一大清早，三一六號的女人不知為何獨自一人出門倒垃圾。女人將兩個不知道裝了什麼、凹凸不平的黑色塑膠袋丟到垃圾場後，往菜園的方向走去。雪下得比雨還多的冬天已經過去，奶奶的菜園裡冒出淺綠色的新芽，看不出來那是哪種蔬菜的嫩芽。女人站在菜園前，輕輕閉上眼睛，然後一邊把雙臂往兩側慢慢舉起又放下，一邊深呼吸。隆起的肚子撐開過膝的象牙色柔軟針織外套，從釦子的縫隙間露了出來。

偶然遇到時，只會覺得她正將手放在肚子上感受胎動。花子奶奶還沒有正式幫那個女人檢查過，因為那對夫婦不願意檢查，他們還說要自己把小孩生下來。友美擔心從未抱過嬰兒的男人是否能夠順利接生小孩，花子奶奶反而說以前都是那樣，生小孩不是什麼大不了的事，不需要大驚小怪。雖然友美覺得奶奶因為沒生過小孩，才能說得那麼輕鬆，但也沒有開口頂嘴。隨著女人的肚子一天天大起來，友美的不安也如同臨盆的大肚子一樣，不由得增加了。

「奶奶，那個三一六號房啊，她的肚子實在太大了，會不會是雙胞胎？」

奶奶沒有回答。

某天深夜，夫婦找上花子奶奶，跟她打招呼說他們的小孩個頭比較大，小孩媽媽的健康狀態也不好，他們辛苦打聽到一個能安全生產的地方，過幾天會去那邊生產。雖然花子奶奶覺得他們突然過來跟自己說明很奇怪，同時也很懷疑是否真有其他地方，能讓薩哈公寓的人將孩子生下後帶回來，但除了要他們平安健康地回來，她也不知道能說什麼。

跪坐在地的女人可能不太舒服，她換另一個姿勢重新坐好，並用手撫摸肚子，男人見狀便伸出手抓住女人放在肚子上的手。男人的手不停發抖，女人將自己的另一隻手放在男人的手上。不安、恐懼和害怕，層層堆疊在女人的肚子上，似乎快爆發出來。奶奶的心情變得十分不安，猶如在搖搖欲墜的石塔上再堆了一個小石子。她想趕快送走這兩個人，所以對他們一再重複同樣的話：

「快回去早點睡，然後去那邊順利生產吧！」

夫婦既不應聲，也沒打算站起來。過了一會後，男人艱難地開口：

「那個……奶奶。」

接著又沉默了好一陣子。奶奶先開口問：

「有什麼話要說嗎？」

女人的眼中突然滴下淚水，而男人則像妻子滴落的淚水那樣低垂著頭。

「我們想讓奶奶檢查看看。」

褪色的棉被上印滿五顏六色的小花，凸起的毛球猶如花粉般四散在被子上。女人躺在沾有奶奶身體酸味的棉被上，內心異常地安定下來，睡意也隨之襲來。

奶奶將女人肚子的肉撫平，藉著微血管分明的肚皮撫摸子宮內的嬰兒。啊……頭的大小、手腳的活動和著床的位置都很陌生。然而嬰兒已經照著那個模樣長大，除了趕快生出來之外，好像也沒有別的方法。奶奶能說的話只有一句：

「你們去那邊順利生產吧！」

女人沒能平安回來。一週之後，男人只拖著宿命一般的空皮箱回到公寓，他說嬰兒和產婦都死了。沒有任何人向他詢問任何事。男人再次關在家中，這次只剩他自己。

雨下得太大太久，菜園的泥土都凹陷了。扎得不深的根全都翻出來了，尚未成熟的果實則在雨水中漂流。從早上開始，花子奶奶就穿著腋下有破洞的老舊雨衣到菜園裡工作。她將翻出來的根再次用土蓋住，把能壓碎的土塊確實壓平後，又在莖上綁木棍來支撐並固定。奶奶一邊挑出能吃的果實，一邊直喊可惜。身上的雨衣有穿和沒穿都一樣，雨水從破洞中滲入，浸溼了全身。奶奶顫抖著摘下滿滿一把尚且青綠的小番茄，從菜園裡走出來。那時她在B棟三樓的走廊上看見一個黑影。那是站在走廊上看著菜園的三一六號男人。雖然距離遠到連男人的五官都看不清楚，但奶奶依然知道她和男人視線有所交集。

三一一號，友美

光是在研究院工作的人就有數千人，再加上進出研究院附設大學、高中、菁英教育院和各種實驗室的人，又有數千人，但友美總是覺得研究院很冷清。研究院內的人走路都很緩慢，說話都很小聲，眼神也不太會有交集。當友美在接待室、走廊和電梯內都沒有遇到任何人時，她就會感到一股充滿壓迫感的寂靜襲來。

身體組成測量、血壓測量、腦波檢查、抽血……在透明隔板隔開的檢查區後面，有一張單人沙發和桌子，桌上有一瓶五百毫升的礦泉水，瓶子上的商標總是同一個。友美一口氣喝光五百毫升的水。她初次來檢查時，碰都不碰那瓶水。

將白袍袖子捲起來的女研究員，指尖冰冷且潮溼。友美呆呆看著女人熟練地拆開拋棄式注射器的包裝。她的指甲好美。讓友美羨慕的不是她明亮的臉龐、溫柔的眼神和細長的手指，偏偏是她的指甲。帶有圓弧線條，而且有均勻的粉色，健康又乾淨的指甲。即使她沒有整理指甲邊緣的角質，也沒有塗抹指甲油，還是能推斷那雙手和手指甲的主人，是一個非常愛乾淨的人。

女人用酒精棉球搓揉友美的肩膀。酒精揮發後，一股寒意從手臂迅速擴散到全身。友美猶如從夢中驚醒般，突然回過神來。當女人哼著歌從托盤上拿起注射器時，友美趕緊轉過頭並緊閉雙眼。雖然她努力想放鬆，手臂卻總是不斷使力。比起針頭插入皮膚的疼痛，緊繃的手臂更讓她覺得不舒服。女人輕輕笑了。

「結束了。你真可愛，連眼睛都閉上。」

你。女人沒有叫友美的名字，友美也不知道女人的名字。每次幫她檢查的人都不同。雖然友美為此感到鬱悶，覺得孤單，有時甚至很生氣，但不知從何時開始，她反而覺得這樣很好。大概在她十歲時，曾經問過研究員她打的是什麼針。當時幫她打針的男研究員，彷彿在安撫她似的，溫柔地說打針是為了消除她的病痛。

「我沒有生病。」

友美的回答使男人揚起眉毛，眼球不停轉動。他接著說：「你可以幫助其他人不生病。」年幼的友美沒能完全理解那番話的意思，所以再次一字一句清楚地說：「我沒有生病。」男人最終只是笑了笑。友美問手指甲很健康的女研究員：

「這是什麼針？」

這個女人也只是笑。友美用酒精棉球壓住剛剛打針的血點後，從注射室走出來，和女人並肩走在走廊上。

從地板、牆壁到天花板全都是同樣的灰色，顏色一致到讓人窒息。牆壁上有間隔一致且大小相同的矩形窗戶，所有窗戶上都安裝了和牆壁同色的百葉窗，在走廊盡頭的牆面上，則掛著一幅占了半面牆的巨幅畫作，那是幅畫了小孩的畫作。小孩的雙頰和下巴因為嬰兒肥而胖嘟嘟的，他的眼睛大得誇張，眼神非常明亮，看起來很像大人。雖然這幅畫與研究院完全不搭，倒是很適合掛在長走廊的盡頭。友美每次都盯著小孩的畫作看得津津有味，一邊走過走廊。

友美邊走邊與畫中的小孩對視，走到一半時，她突然覺得走廊和天花板生出漩渦，彷彿要把自己捲進去，所以不禁停下腳步。女人的鞋跟聲也跟著停了下來。

「怎麼了？」

從走廊盡頭興起的旋風快速逼近，小孩大而深邃的眼睛突然浮現在友美的眼前。友美的意識如同緩緩消失的泡沫那般，逐漸變得模糊。一隻冰冷的手啪啪兩聲拍了她的臉頰。在失去意識的過程中，友美的腦中浮現冰冷的手、撫摸她手臂的手指和粉色的手指甲。有一群人的腳步聲朝她的心臟奔馳而來，還有冷淡的聲音在耳邊響起。「是催化劑起作用了嗎？」、「不可能這麼快就有症狀啊！」、「血壓稍微降低了耶……」她的身體突然浮在半空中，這是夢嗎？

友美的眼前一片綠，她正躺在樹蔭下。每根樹枝都充滿生命力地往不同方向延伸，上面長滿了飽含水分的新鮮綠葉，非常茂盛。樹葉往四方肆意飄動，刺眼的陽光從葉子的縫隙間灑落。然而，友美卻沒感受到泥土的觸感、翠綠的香氣和風的吹拂。那時她才看見眼前有一面很大的玻璃窗，以及在窗外的樹木、葉子和陽光。一切活著的事物都是在巨大相框中的一幅風景，友美覺得自己說不定也是靜止於相框中的物品。

門打開後，剛剛那名研究員走了進來。友美慢慢坐起身後，環顧房間內部的擺設。在她躺的折疊床旁邊，有一張圓桌和兩張鐵椅，房間的照明燈嵌在天花板內，角落還有一臺監視器。監視器感覺一直在拍攝友美。女人一邊將馬克杯放在圓桌上，一邊說：

「血壓有點低喔！你應該是突然暈眩了，喝點熱茶就會好。」

所幸友美在昏倒前都努力傾聽周遭的聲音，她才能清楚聽到那些研究員說的話。催化劑，他們明明說可能是催化劑造成的。友美用雙手捧起馬克杯，發出呼嚕嚕的聲響，將空氣和茶一起喝下，入口的是帶點苦味又清新的香草香。友美將杯子放下並深吸一口氣，女人在旁邊看著她，然後把藥袋推過去。

「你有可能會頭痛或覺得身體不舒服，但不要因為那樣就隨便亂吃止痛藥。吃這個藥會對你有幫助。請你明天再過來打一針同樣的藥劑，然後週一上午九點前過來做血液檢查就行了。」

「我知道了。」

當時友美只能那麼回答。

友美並沒有特別思考過自己是誰，自己的性別又是什麼。她對自己的外貌沒有不滿，也沒有想變美的欲望。然而她的初經卻很晚才來，導致她的身高、骨盆和胸部的發育都很緩慢。

事情發生在友美惴惴不安地等待的十七歲夏天。她從研究院回家的路上，在女校前的攤位買了一支髮夾，那是支不帶花紋的紫色蝴蝶結髮夾。友美跟老闆說她想送禮，不曉得能不能幫她包裝，老闆笑著說他沒有包裝紙。友美只好將髮夾放入包包深處。

她走進沒有人的商業大樓廁所，把髮夾夾在頭髮上。看起來還不錯，意外的很適合。當她輪流看著映照在鏡子中的素顏和蝴蝶結髮夾時，廁所的門突然打開了。友美趕緊拔下髮夾，髮夾在友美偌大的手掌中斷成兩截。在同一個瞬間，某種液體突然從她的下體嘩啦啦流出。啊，友美瘋狂跳動的心臟彷彿快擊碎她的骨頭、撕裂她的皮膚並從胸口彈跳出來。她緊抓住T恤的領口，跳進廁所的隔間內，把褲子脫掉。她的內褲和褲子都被尿液沾溼了。雖然犯了荒唐的錯誤，但友美卻沒嚇到，也沒感到驚慌。然而，似乎有某一種情感也跟著尿液一同流淌出來。

四個月後，友美的月經來了，當時她沒有任何特別的感受。不論是月經週期還是出血量都很不規則，再加上經痛相當劇烈，她只覺得辛苦。她不覺得那是成長，反而覺得那是疾病。她開始定期去婦產科檢查。研究員說她的卵巢中有一個小肉瘤，建議她接受需要全身麻醉的手術，所以她做了一次手術，但在那之後，經常是他們已經做完治療，才通知她說剛剛進行了一個簡單的手術。友美持續接受子宮內膜炎的治療。診間內明亮的照明總是刺痛她的眼睛，她得張開雙腿躺在診療椅上，那些研究員將臉和手指貼近她的雙腿之間，不以為意地輕鬆交談。友美咬緊牙躺在那裡，腦中想著為了活下去而被迫接受的種種。

……●……

週一早晨，友美比約定時間早許多抵達研究院。或許是因為緊張加上心事重重，導致她產生劇烈的頭痛。她問初次見面的男研究員，目前她的身體狀況適不適合做血液檢查，男研究員笑著回答說那不會有影響。

「不過頭痛的症狀怎麼辦呢？看來是催化劑的後遺症。倒是滿多人打針後會腰痛。你有稍微睡一下嗎？很辛苦吧？」

他的嗓音裡帶著真誠，友美聽了之後放鬆下來，頭痛也減輕了。她愣愣看著歪鼻梁的男人搓揉她的肘窩尋找靜脈，腦中同時在思考他剛剛無心迸出口的話。「看來是催化劑的後遺症……倒是滿多人打針後會腰痛……」看來她打的針確實是催化劑，而且除了她之外，還有其他人也有打這個針。男人說出這些話時，不帶任何意圖嗎？

友美的雙臂都插上針頭後，將身體靠躺在大約傾斜四十度的床上。

「大概需要兩個小時，有需要再叫我。」

男人簡單說明後便離開位置。黑紅色的血從友美左手臂的肘窩流出來，通過透明的管子流入由按鈕、儀表板和各種管子組成的複雜血液分離機，然後再次流入友美右手的手背。

友美不方便移動身體。雖然她已經閉上眼睛，燈光還是太亮，而且在一旁運轉的巨大機器，不斷嗡嗡作響，吵得她無法入睡。如果能幫她放個音樂就好了。友美本來想叫男人過來，後來又作罷。每當手臂刺痛時，她都會將拳頭慢慢握緊後再放開，一再反覆同一個動作。不曉得是不是因為她的心情跟著變好，手臂的疼痛似乎也減輕了。花費的時間超過預期。雖然她在床上躺了超過三個小時，卻始終沒有睡著。血液檢查結束後，比起頭痛和全身痠痛，友美更想上廁所。

在走向電梯的過程中，男人以不著痕跡的方式，一點一點慢慢靠近友美。如果照他那樣繼續走下去，兩人抵達走廊盡頭時，感覺自己都能抓住他的手了。男人一直跟友美搭話，友美一邊迅速且簡短地回答男人的問題，一邊等待問話的機會。你搭公車來的嗎？是的。今天很累吧？有一點。辛苦你了。今天拿走了什麼？白血球。

友美和某些研究員的對話中，偶爾會穿插像這樣類似暗號的應答。雖然每次負責人都會更換，友美也從沒遇過同樣的人，但友美和他們對話的方式都很類似。當彼此間的問答持續到一半，問問題的人和回答問題的人，在某個瞬間巧妙地轉換時，大部分的人都會裝作聽不懂友美的問題並再次反問，如此自然地將話題接續下去。藉由和他們短暫的對話，友美發現自己正持續提供血液、造血幹細胞、白血球和卵子等東西給研究院。她不知道研究院為什麼需要這些東西，也不知道他們把這些東西用在哪裡。她長久以來都在拼湊一幅數量不足的拼圖。比起資訊不足感到的鬱悶，拚命推測所導致的疲憊和不安，更讓友美感到辛苦。

他們彼此認識嗎？起初友美認為，在研究院內部有某個共享公約和規定的集團，但幾乎找不到相關線索，有時候找到的線索還都是些已知的事，而且在那裡誰都無法信任。最終，友美將那些研究員視為一個個脫離組織的個體，但她又覺得，或許能將他們看作一個名為「脫離者」、龐大卻鬆散的團體。

男人將掛在脖子上的保安卡貼近電梯旁的感應面板，上面隨之出現一個輸入號碼的視窗，男人按下四樓的按鈕。

「看來你上次接受了婦產科的治療，接下來還要做組織檢查，所以現在要請你去四樓的檢查室。你搭電梯到四樓後，檢查室的負責人會出來接你。」

友美站在男人身後，距離約有一步之遠，她在等電梯時，將雙手插進口袋裡。口袋裡有一個皺巴巴的麵包包裝紙，她忘記自己是什麼時候放進去的。那時友美想起漢賽爾與葛麗特的故事。漢賽爾為了不忘記回家的路，沿路將手上的麵包撕成一塊塊碎屑做標記。友美覺得她的身體就像是為了成就某個里程碑，而被人撕成碎屑丟在地上的麵包。「如果繼續像這樣一點一點被撕下，我的身體將來還剩下什麼？」漢賽爾的麵包被鳥兒啄食乾淨，而漢賽爾與葛麗特終究沒找到回家的路。

友美想起莎拉冰冷的臉龐，以及她哽咽卻堅定的嗓音，「我不想要光是活著，我想要活得很好」。友美心想：「要活得很好，說不定我的混亂和質疑就是從這裡來的。」

「如果我不想接受組織檢查呢？」

友美突然問道。男人驚訝地轉過頭看著她。

「什麼？」

「我不想接受組織檢查，我要回去了。」

過去友美從來不曾在研究院內表達自己的意見，因為她不覺得自己能那麼做。每次被研究院找去時，她都按照研究員的指示接受檢查、打針並吃藥。奶奶總是跟友美說「你不健康」，友美明明沒有特別的病痛，卻理所當然的認為自己是不健康的人。因此，對友美來說，疾病並非統計在身體上顯現出來的各種症狀或徵兆後，所判斷出來的結果，而是理所當然的命運。並非因為她經常感受到疼痛或不舒服，才說她不健康，是因為她不健康，才要求她接受檢查和治療。只有後者的因果關係是成立的。

對於認為本來就是那樣的人來說，要體會到沒有所謂的「本來」，需要一些時間。友美也是如此。電梯來了，但友美並沒有進去。

「請您重新按一樓，我要回去。」

「我接到指示，在你做完血液檢查後，要帶你去四樓的檢查室，我沒有任何決定權。」

「請您讓我去一樓。」

「我不能跟你說：『啊，瞭解了，那麼請慢走。』我可以幫你問問看，但必須要等一下。不然你也可以逃跑，反正我跑不快。」

友美很快思考了一下男人的話究竟是玩笑還是真心，然後拄著男人的肩膀往上跳，用腳尖踢壞嵌在天花板中央的監視器，接著又踢向男人的胸口。男人不曉得是吸了一口氣，還是吐了一口氣，發出一聲短暫的悲鳴，然後整個人往前撲倒。友美伸出手想扯下掛在男人脖子上的保安卡，卻有腳步聲從逃生梯傳過來。怎麼這麼快！友美朝和腳步聲反方向的走廊奔跑，隨便握住一個門把便轉開來。幸好門把轉得動，門也打開了。沒什麼好猶豫的。友美迅速躲進門內。

那裡是會議室。在熄燈的房間中央，有一張巨大的圓桌，桌子周圍大約擺了十張椅子。在門口的對面有白色的投影布幕，上面有難以理解的圖表和數字，一名中年男子拿著雷射筆站在布幕旁邊，正將雷射筆的光束射向空中。他彷彿早預料到友美會闖進來，一臉鎮定地說：

「布幕後面有空間可以躲。」

他一按下遙控器的按鈕，投影布幕便緩緩上升。外面傳來響徹走廊的喊叫聲、警報聲和吵雜的腳步聲。等友美躲好後，男人再次降下布幕。難道這個男人也是一名「脫離者」嗎？敲門聲和喀嚓的開門聲同時響起，友美聽見無線電的雜音，她不禁緊閉雙眼。無線電的聲音靠近她後，又再次遠離。雖然友美用手堵住了耳朵，但還是有一個尖銳的女聲，從縫隙傳入耳中。

「您一個人嗎？」

「我正在準備開會。這裡二十分鐘後有一場會議，院長和中心主任都會參加，是保密度一級的會議。我還有些需要準備的東西，請問我可以繼續進行嗎？」

等無線電的聲音遠離後，這次換男人發問：

「外面的騷動是怎麼回事？」

「有一把萬能鑰匙對研究員施暴後逃走了，她應該逃不遠。」

萬能鑰匙？是在說我嗎？友美在研究院從沒被叫過名字或號碼。當友美知道他們一直以來都用那種奇怪的名字來稱呼自己時，心中莫名覺得遭到背叛。

「不好意思，打擾了。」

即使無線電的聲音消失在門外許久，男人還是久久都沒有叫友美出來。友美只能一直等。男人朝她走近，隔著布幕對她說：

「你等一下先沿著樓梯一路走到地下室，然後再從停車場的車子出入口出去。要有保安卡才能打開樓梯門，我的借給你。你逃出建築物後，暫時就安全了，暫時。」

布幕上升後，男人將掛在脖子上的卡片交給友美。友美接下卡片後問：

「萬能鑰匙是什麼？」

「你就當那是研究院的其中一個研究專案吧。其實我也不太清楚，我只知道你對疫苗和絕症的研究有幫助。」

「為什麼偏偏是我？」

「因為你是生存者。」

「我們不是都活著嗎？」

「因為你在很難活下來的狀況下活下來了，所以人們當然很好奇，也需要你。」

友美用力握住卡片，導致卡片漸漸變形。男人態度堅決地抓住友美的手腕，說：

「逃跑吧！」

「不要，我得知道我身上正在發生的事。」

「用什麼方法？」

友美沒能回答。

「你先回去吧！我會幫你的，有些人會幫你。」

「我要怎麼相信你說的話？」

男人看了友美一下，說：

「我想幫忙，所以一直在等待機會。」

友美的胸口中有一頭被憤怒滋養的猛獸。她將那頭野獸鍛鍊得很粗暴，不論是什麼時候，只要目標出現，她就會用尖牙咬住要害，讓目標瞬間喪命。那頭野獸的尖爪很快就變得銳利，而且已經成長到具備難以制伏的攻擊性。野獸也經常在友美的體內將她抓傷。然而，現在，那頭凶暴的野獸卻趴伏在地上。友美發現她養育猛獸的力量並非來自憤怒，而是孤獨。

架在側門上的監視器閃爍著小紅光，這代表有人正在看不見的地方監視她。友美將背貼近門的那一側，然後將男人的卡片放在讀卡機上讀取。喀嚓，那是門鎖打開的聲音，是緊閉的門打開的聲音，是陰險的歡迎聲。

男人依約在隔天傍晚打電話給友美，他要友美在週四晚上十一點二十五分到三十分之間，通過設置無人警報系統的後門，越過後山，再經過停車場，然後進入本館的大樓。

——保安組那裡有一個人會幫忙把風，所以你一定要在十一點二十五分到三十分之間進來，早一秒或晚一秒都不行。

友美一邊用沒握住話筒的手把玩男人的出入證，一邊問：

「不過，我用這張卡片進出後門和本館的地下室出入口時，不會留下出入紀錄嗎？」

——無所謂。

他既不是回答「沒關係」，也不是「沒有問題」，而是「無所謂」。男人若無其事的回答，聽在友美耳裡卻很沉重。

確認、檢查、治療、各種大小手術……她想起每次用不同的藉口忍耐下來的時間，以及在那時她所感受到的冰冷、潮溼、痠痛、刺痛和陣痛等感覺。友美因遲來的侮辱感而全身顫慄。他們從她活生生的身軀上，任意取走使用。她想要弄清楚發生了什麼事，而且還想要把這一切說出去。

大部分的書籍、新聞報導、研究紀錄、論文資料等資訊都已經數位化，任何研究員都能輕易從自己的電腦中開啟資料。

然而，男人卻沒找到與友美相關的研究紀錄。沒有登錄在研究院網站上的資料，都另外用特殊的方式保管在本館地下三樓的資料室內。男人也不知道裡頭有什麼資料，還有那些資料是用什麼方式保管，以及有誰能用什麼樣的方法瀏覽。他說曾經有幾名研究員闖入資料室，卻沒能取出想要的資料。

男人確信和友美相關的資料一定在資料保管室裡，他能做的就是幫助友美進去，他只能幫到那裡。那之後看是要解開暗號，還是要破壞防盜鎖，都得由友美自己做。

後山只有散步的路上才有路燈，但就連路燈也大多沒開，所以那裡比友美預期的還要昏暗。友美一路上都憑著腳底踩在泥土路上的觸感，腳步聲的大小，以及周圍的雜音來估量距離的遠近和空間大小。風吹拂的聲音；樹葉在泥土上滾動的聲音；小顆的果實在樹上晃動的聲音；細長卻帶有粗糙突起的某個物品，在地上拖曳而輕輕掠過的聲音。汗水如雨般從頭頂沿著太陽穴直流而下，她的背也溼透了。

抵達本館的友美，逆向跑入停車場的車輛出口，通過地下出入口，進入建築物內部。為了降低腳步聲的音量，她特別穿了薄底的運動鞋，結果走到腳掌很痛。越過後山時，只覺得腳底刺痛，但當她走下樓梯時，彷彿有釘子打入腳底般，咚咚咚一聲聲地敲入腳底深處，友美終究痛得癱坐在印有「B3」字樣的指示燈下。她用自己的大手抓住運動鞋，搓揉腳掌時，突然覺得自己的腳太大了。大腳讓她很吃力，像這樣長得又大又厚，很強壯的腳，現在卻疼痛不已，不禁令她感到荒唐。而且她十分害怕，不知道這趟路程會走到哪裡，又會以什麼樣的方式結束。

友美想抬起膝蓋，蹲坐在地上，卻因為大腿太粗而無法彎身，最終只好以不舒服的姿勢躺倒在階梯上。友美流下眼淚，她自己也難以說明流淚的緣由。淚水越流越多，最後甚至還流出了鼻水。友美用雙手摀住嘴巴，為了壓下哭聲，她沒能擦拭眼淚。指示燈的綠光在淚水中暈開，閃爍著黃色、白色和淡綠色的光芒。她拄著膝蓋站起來後，走進色彩交雜的光芒之中。

男人的卡片無法打開通往地下三樓的門。機房會在約好的時間短暫切斷電源，那時保安系統也會暫時解除。不過立刻就會連接緊急電源，並啟動防盜鎖裝置。這中間的空擋最長也不過一秒，她要在第一個機器訊號聲響起時，立刻推開門跑去進才行。不能錯過，也不能猶豫。友美的耳邊清楚傳來自己撲通撲通的心跳聲。沒過多久，一個急促的機械聲響起，那聲音彷彿瞬間解除了她的緊張感，又好似讓她全身無力。友美迅速將全身的重量放到肩膀，然後靠在門上用力往內推，沉重的鐵門被推開了。

那扇門上有她在後門看過的監視器和紅光，友美快速將事先準備好的深灰色紙套罩上監視器。保安室的螢幕被切割成數個小畫面，同時有數百個影片在循環播放，所以只要沒有太大的動靜，就不會很顯眼。男人說他曾經用這種方式闖入別人的研究室，反正在晚上建築物內部都長得差不多，四處都很昏暗。友美將套子罩上監視器後，緊閉雙眼等待，暗自希望沒人察覺異狀。

警報聲忽然響起，眼前所有的燈都如同在歡迎她一般亮了起來。友美將眼睛閉得更緊，慢慢數到六十，幸好什麼事都沒有發生。

她通過後門時，得到保安組的幫助，進入地下三樓時，得到機房的幫助，另外，她從停車場出去時，得到值勤研究員的幫助，然後從大樓出去時……友美詢問語調冷淡的男人，那些人為什麼要幫自己。男人反問友美，她覺得那些人為什麼要幫她。

「他們反對研究院的事？」

兩人的對話停頓了一下，男人接著回答。

——保安組的同仁和機房的職員覺得你很可憐。在研究院裡，我們覺得像你這樣的人都很可憐，這就是全部的理由。

「先生您呢？」

——在見到你之前，應該是出於一種茫然的責任感？還是罪惡感？但現在我也跟他們一樣，覺得你很可憐。信念本身沒有力量，讓人行動的是直接且具體的情緒。

在走廊的兩側有並排的玻璃門，猶如一間間的商店，不過光線過於昏暗，所以看不清楚門內的狀況。友美慢慢的悄聲靠近。廁所大小的小房間隔著走廊分列兩側，每一間房都配有一張床，每張床上都睡了一個人。有人雙手放在胸前，面向天花板平躺，也有人屈著腳側躺，還有人在床上翻來覆去。友美不知道要再往前走，還是要原地折返，當她在原地猶豫不決時，其中一扇玻璃門悄悄打開了。一個比友美嬌小許多的身影從門內走了出來，呆呆站在那裡看著她。

「這裡……不是資料室嗎？」

友美像是問路的觀光客那般問道。那個身影鎮定地點點頭。這名有些驚慌的侵入者，再次厚著臉皮發問：

「資料都在哪裡？」

「名字：友美，身高：一百八十八公分，最近一年每三個月的體重變化為九十七、九十五、九十六、九十七公斤，沒有太大的差異。三十年前九月三十日清晨三點在薩哈公寓出生。雖然父母是城鎮原來的居民，卻沒取得居民資格，只好以L2居留權繼續居住在城鎮裡，在同一年，你的父親罹患新型呼吸道傳染病，並於五月十七日晚上十點死亡。母親雖然在懷孕期間被傳染，但經由治療已經痊癒，後來在生產時因為出血過多而死亡。你是唯一一個產婦感染呼吸道疾病後，沒有自然流產，而且還順利誕生的例子。你目前被活用於新型呼吸道疾病疫苗及藥品開發、遺傳突變研究、複製人胚胎研究、移植用人工臟器研究等。需要繼續講給你聽嗎？」

友美往後退了一步，什麼話都答不上來，那個身影快速靠近友美，抓住她的手。

「帶我走。」

這就是資料室保管資料的方法，目前那裡共有九十七個保管所。研究院會從公立育幼院內選出表現優異的兒童，然後再花數年的時間加以訓練，一旦通過測試，就會將他們配置到資料室。他們的工作就是默背，整天都坐在個人工作室的書桌前，不斷默背研究院提供的資料。當保管所將所有的人名、地名、機關名稱和所有數據都正確默背下來後，研究院就會銷毀文件或檔案型態的資料。

同一份資料最少會交給三個保管所默背，若有人提出申請要閱覽資料，就會交叉確認三個保管所默背的內容後再提供。在確認的過程中，同時也能知道每個保管所的正確度。當正確度降到標準之下時，那個人就無法再繼續擔任保管所，不過也無法離開資料室，因為已經默背了太多東西在腦中。

那個身影是個女人，她說自己今年二十歲。她十歲被選上後，從十四歲開始就在資料室工作。一開始她很喜歡自己的工作。工作環境很愜意、舒適又安全，而且研究院還會仔細管理她的健康。她從許多L2中雀屏中選，這讓她覺得自己在做很特別且重要的事，也為此感到自豪。她沒有任何擔憂和不滿，當然她的正確度也非常高。然而，她現在正處於遭到放逐的危機中。

「保管所通常都是幾歲時退休？你這麼快就要退休了嗎？」

友美語畢，女人便搖搖頭，說：

「這種形態的資料室還沒有建立很久，目前還沒有人因為老化而導致工作能力下降。累積經驗後反而會變得更敏銳且老練。默記能力和專注力不成問題，之所以會發生失誤，是因為帶入了個人的情感。」

她說知道得太多，而且還得將那些都背起來，這讓她很難受。不過她認為默背是唯有人才能做的事，所以她不能忘記，她也害怕自己忘記。因此她選擇忍受這一切。不忘記、提供證據並留下紀錄，一直為喜悅的事開心，同時也一直為傷心的事難過。然而，當她體會到自己必須公平的將記憶提供給任何想要閱覽的人，她的記憶並沒有受到珍重時，正確度便急速下降。

女人再次緊抓住友美的手臂，說：

「拜託你帶我離開這裡。」

那女人就是資料，友美也需要她。再過十幾分鐘，防盜鎖裝置會以相反的順序再次解開，友美必須在那瞬間離開研究院。她能和女人一起離開嗎？雖然她沒有自信，但還是先把女人扛了起來。

那時警報聲響起，周遭陷入一片混亂。喀嚓喀嚓……自動防盜鎖裝置的聲響越來越大聲，友美無法分辨那是鎖門的聲音還是開門的聲音。這是要把她們關起來，還是要讓她們逃跑？友美緊緊抱住扛在肩上的女人一路往後退，直到她撞到走廊底端的牆壁。女人的身體發燙，細長又凌亂的頭髮掃過友美的臉頰，把她弄得很癢。每當她們移動時，就會有一股淡淡的消毒藥水味飄散出來，不曉得那是來自女人的衣服還是肌膚。

友美的精神有些恍惚。她明明已經沒地方可逃，心裡卻異常平靜。思考的速度慢了一大拍，大腦像是故障的發條人偶那般，發出喀喀聲響，緩慢地轉動。世上的一切東西都思考得很慢、動得很慢、說得很慢。她覺得很暈。

友美對外正式的身分是薩哈公寓的代表。雖然公寓內要做的事比預期中多，而且她也沒做過其他工作，但這並不代表公寓的工作能提供她足夠的生活費。公寓越老舊，開銷就越多，而且最近的人都不太繳管理費。其實友美的收入大多來自「計程車費」。

某天，友美初次在沒有奶奶的陪同之下，獨自前往研究院，她從進電梯開始，就一直用指尖玩弄訪客證的邊角，一下折起來，一下又攤開。她能像奶奶那樣鎮定嗎？她能既有自信又有禮貌，自然地收下那個信封嗎？收下之後又該如何應對？要隨意塞進口袋裡嗎？還是要慎重裝進包包裡？或是要若無其事地用信封搧著風走出去？

「你搭計程車回去吧！」

當她到接待室的櫃檯歸還訪客證時，職員像往常那般將信封遞給她。友美用雙手接下信封的同時，向職員點頭敬禮，轉身走出去。她既沒能將信封放進背包，也沒能打開信封確認金額，而是維持收下的姿勢，雙手捧著信封跑了出去。由於手臂彎成固定姿勢，所以她的身體無法取得平衡而左右搖晃。友美搖搖擺擺地跑出大門，坐上計程車。她下意識地對司機說：「請到薩哈公寓。」司機沒有再次確認她的目的地，也沒有透過後照鏡偷看友美，而是緩緩發動了計程車。

窗外揚起大量灰濛濛的塵土。看起來像是雪花或霙，又像是蒲公英的種子。不過當時還是初夏，這其中沒有任何一個東西是符合季節的。那時有一顆灰塵短暫地附著在窗戶上，它微微顫動後，向遠處飄去。在那顆種子尖銳的尾端，長有稀疏的土色絨毛。那是屬於懸鈴木的果實嗎？

從薩哈公寓延伸而出的小巷子走出去，可以看見一條大馬路，馬路兩側種滿了看不見盡頭的懸鈴木。春天時，由種子和絨毛組成的堅硬果實，猶如一根根棒棒糖，搖搖晃晃地掛在樹上，年幼的友美和公寓的孩子總是一起摘下果實玩耍，他們會互相丟擲，或把果實弄碎。孩子們把果實敲碎後，看著絨毛往四方飛散，並稱那種遊戲為「炸彈」。就算他們因為絨毛而流出清澈的鼻水，不斷打噴嚏並揉眼睛，還是沒停下遊戲。其他小孩力氣不大，所以都是用後腳跟將果實踩碎，唯獨友美是將果實握在手中啪嚓一聲就壓碎。

現在沒辦法像以前那樣經常玩炸彈遊戲，因為絨毛會引起過敏，所以在幾年前，行道樹的品種就換掉了。目前只有公園裡才看得到懸鈴木。

不過這些種子是從哪裡飛來的？友美猜想，這說不定是以前那些種子，來自那些曾被她壓碎並丟擲出去的果實。它們沒能落地，也沒能扎根，而是一路隨著微風和雨雪四處飄揚，最終再次回到友美身邊。

直到那時友美才打開信封，裡面的金額大概夠她搭計程車往返研究院十趟。看到一大筆金額後，她不禁鬆了一口氣，卻又覺得這樣的自己很丟臉。在那短暫的瞬間，安心、不安、慚愧和絕望依序填滿她的內心。雖然花子奶奶也收下了計程車費，卻沒有搭計程車。花子奶奶只懂得耕種菜園和照顧小孩。現在友美似乎明白了，那樣的奶奶過去是如何供她吃穿，拉拔她長大的了。她突然覺得眼睛刺痛，彷彿有懸鈴木種子的絨毛跑進眼睛裡，刺得她滴答落淚。

一直以來她的生活都倚賴平白得到的事物，而且還過得很好。在這段好日子中，在她身高變高、肌肉變結實、力氣變大的這段期間，內心卻沒有長大。她跳過成長的過程，直接老化。她的內心已經老化，而且變得脆弱。友美很害怕被關起來，但她其實更害怕被趕走。

有一名和友美年紀相仿、全副武裝的女人，旁邊跟著一名看起來較年輕的男人，兩人正一起小心翼翼地靠近友美。從睡夢中醒來的保管所，正依照職員的指示冷靜地撤離，而掛在友美身上的女人則渾身劇烈顫抖，彷彿瀕臨死亡。

「請你冷靜，把保管所放下來。」

武裝的女人攤開雙手手掌向著友美，鎮定地跟她說話。友美搖搖頭，從後面的口袋裡拿出一支鋼筆，她帶來的武器只有那個。外表看起來就像是普通的鋼筆，但打開蓋子後，裡面並不是筆尖，而是長十公分的匕首。那是去年夏天老頭給她的。

那年夏天非常炎熱，而且沒下什麼雨。友美想到老頭肯定會嘀嘀咕咕抱怨管理室沒有陰影可躲，所以就從超市裡買了一杯冰咖啡和一個冰淇淋回來。友美本來打算把咖啡給老頭，冰淇淋留下來自己吃。結果老頭道完謝後打開冰咖啡的杯蓋，咕嚕咕嚕喝下肚，同時又拿走冰淇淋，放到冰箱的冷凍庫。友美也只能笑。

老頭和友美提了垃圾回收的方法，一樓打掃的問題以及走廊欄杆的修復工程等話題。友美說乾脆在鐵欄杆中間塞入磚塊，然後用水泥填滿，不過老頭不太懂她的意思。友美想畫圖說明，便隨意拿起散落在桌上的一支筆並打開筆蓋，結果裡面是一把刀。雖然很小，刀鋒卻打磨得相當銳利，既不能說它毫無用處，也不能說它充滿威脅性。

「你用這種東西削蘋果嗎？」

「蘋果應該要連果皮一起吃。」

「拿來當護身武器有點太可愛了。」

「那不是用來保護我自己的。」

友美試著用刀鋒碰觸自己的手背。這把刀的大小和鋒利程度，可能會讓沒受過訓練的人在使用時，對自己造成致命傷。老頭接著說：

「當你為了守護某個人而採取最終手段，打算犧牲自己時，就可以用這把刀。」

「你有用過嗎？」

老頭搖了搖頭。友美小心地蓋上筆蓋，將筆放回桌上時，老頭馬上又把筆拿起來，遞給友美。

「你拿走吧！」

「你不需要嗎？」

「給你們用比較好。」

友美拿出鋼筆後，那兩人便掏出手槍瞄準友美。友美用右手緊握住鋼筆的蓋子，然後用嘴巴咬住並拉扯筆身。你們，為什麼老頭說的不是「你」，而是「你們」？

「不要靠近。」

友美將刀尖抵在自己的脖子上，雙眼忍不住噙滿了淚水。眼前的畫面變得模糊，猶如夢境，又彷彿是幻象。

⋯⋯⋯⋯

即使她盡可能將身體蜷縮起來，那地方還是太小。有一層如同橡膠般堅韌有彈性的膜包裹著身體，在那層膜和身體中間，充滿了黏稠的液體。那個液體甚至滲入鼻孔裡，導致她呼吸困難。

她想看看這裡是哪裡，她想大聲喊叫請求幫助，但如果她睜開眼睛，張開嘴巴，那個液體似乎就會流進她的眼睛和嘴巴裡，所以她不敢睜眼，也不敢開口。

液體充滿鼻孔後，開始一點一點流入喉腔。在她呼吸困難的同時，液體依然持續流入喉腔內，最終她只好咕嚕咕嚕地吞下液體。吞下去後，她為了呼吸而張開嘴巴，結果黏稠的液體一口氣湧入她的口中，她只好又咕嚕咕嚕地吞下肚。或許是一口氣吞下過量的液體，她突然打了一個又大又響的嗝，全身都跟著震動。打完嗝後，她反而不再感到窒息。雖然鼻子和嘴巴裡依然充滿了黏稠的液體，但她並不覺得悶。她覺得自己在呼吸，難道藏在身體某處的鰓打開了嗎？她想摸索鰓的位置，但被外膜緊緊包裹的身體完全動彈不得。嗝、嗝，她顫抖著身體，鼓起勇氣用力睜開眼睛。眼前一片橘色光芒，非常刺眼。

有一張線條柔和的臉蛋正看著友美。友美奇蹟似的想起自己剛出生時的第一個畫面：滿臉恐懼的花子奶奶。

「奶奶？」

看著友美的那張臉，轉過頭離開了位置。

「媽媽？」

沒有任何人回答她。友美連舉起手臂的力氣都沒有，全身都無法動彈。她打嗝時，覺得喉嚨彷彿被撕裂般非常疼痛，直到再次打嗝前，她都不停地呻吟。打嗝後呻吟、打嗝後呻吟、打嗝後呻吟……。她閉上眼睛思考。她想要倒轉，轉回她吞下黏稠液體的時候，轉回就算打嗝喉嚨也不會痛的時候，轉回她的鰓打開的時候。

叩叩，她聽見小而清脆的敲打聲。那聲音猶如直接敲在她頭頂那般靠近，而且也在她耳邊清楚地響起，但她卻不覺得有人觸碰到她的皮膚。友美猛然睜開眼睛環顧四周，有一名身穿白袍的中年研究員，其他年紀比較輕的研究員也穿著類似的白袍，他們稱呼那名中年研究員「組長」。

友美的記憶只到扛著女人那裡。當她專注盯著前方往她靠近的男人時，後面有另一個人將友美撲倒。友美反射性地揮動匕首，那個人的脖子似乎稍微被劃到後就避開了。雖然她試圖爬起身來，卻沒能做到。

「你還好嗎？」

不知道為什麼，組長的聲音聽起來像是從遠方傳過來的。低頭靠近她的那張臉，看起來好似泡在水中，因為光的折射現象，一下歪曲，一下拉長，一下又歪曲。當組長將手放在友美右臉頰的正上方時，她才發現自己正躺在一個透明玻璃箱內。她再次打嗝。

「我口好渴。」

「稍微忍耐一下，現在正在動手術。」

「我的身體動不了。」

「因為剛剛打了麻醉。」

友美環顧眼前的玻璃箱，問：

「這是什麼？」

「滅菌室。」

組長的語氣很不客氣，他回答完後，便轉頭跟另一個女人說：

「還是填滿比較好。」

女人點點頭，然後從托盤上拿起一個針筒。友美著急地說：

「等一下！我沒有生病！」

組長轉過身看著友美，他的臉因為玻璃的折射而晃動，友美看不清楚他臉上的表情。

「你沒有生病。我們很想知道你為什麼沒生病，所以直到查出原因之前，都想持續觀察，但你卻做了不必要的事。我們又不能當作什麼事都沒有，就把你放走，也不能讓你住在這裡。現在我們也很困擾。」

有無數條管子連接到友美身上，一旁的女人將注射針筒插入其中一條管子內，友美為了不失去意識而奮力大叫：

「失去我也無所謂嗎？你們現在應該還需要我吧？」

她接著又掙扎了幾次，大聲嚷嚷要他們放人，讓她從裡面出來，還說要把他們全都殺死。藥的效力逐漸湧上喉頭，令她作嘔，當藥效在嘴裡擴散開來並發揮作用時，她再也發不出聲音。想吐出口的話都如同幼小的貓咪那般，鑽入友美的夢中哭泣。那哭聲聽起來太過羸弱又可憐，即使她知道那只是夢境，還是忍不住悲傷。

當淚水從友美的雙眼嘩啦啦流下時，組長撫摸著映照在玻璃館上的友美臉龐，彷彿在幫她擦拭眼淚，然後說：「當然不能失去你。你還得告訴我們很多東西，都來到這裡了，就這樣放棄太可惜。」

七〇一號，珍京

珍京站在窗邊，不停轉動收訊不佳的收音機天線。收音機發出的雜音猶如薄紙張被弄皺時的聲音，雜音隨著天線的轉動忽大忽小。當她找到雜音最小的位置時，新聞正開始播放。

第一則新聞當然是懸疑的殺人案件。被害者的屍檢結果顯示，其體內有高達六種的安眠藥及麻醉劑，而且從被害者身上及衣服上檢驗出來的ＤＮＡ，和據稱是嫌疑犯的薩哈Ｄ某一致。警方認為Ｄ某對被害者偷偷下安眠藥，並在性侵的過程中過度使用藥物，導致被害者死亡，目前正在追捕潛逃中的Ｄ某。

藉本次案件為契機，以薩哈公寓住戶為中心的「薩哈犯罪行為」，成了社會的問題……珍京把收音機關掉。

在道暻的案件發生之前，城鎮裡大概度過了最和平的一段時期。梅雨前的空氣很清新，而且溼度適中，那時播報的焦點新聞內容有：城鎮小孩的平均身高和體重呈增加趨勢，以及下雨天牛奶的銷售量減少等，後來案件成了頭條新聞。停放在偏僻公園的汽車內，發現女人的屍體，而且還有性侵害的痕跡。這些已經足夠引起大家的好奇心。警方調查女性死者後，有證詞指出，某個男人在長期騷擾該名女性，而當那男人的身分被證實為薩哈後，整起案件便往完全不同的方向展開。

居民對公寓不滿及不安的聲浪越來越大。有人主張薩哈公寓是全世界罪犯的庇護所，但這主張僅適用於道暻的案例。另外還有人主張薩哈公寓是麻藥及非法槍械交易的溫床，不過據珍京所知，這並非事實。輿論一面倒向立刻封鎖公寓，並且驅逐薩哈出境，彷彿不那麼做，就會發生不可挽回的後果。市政府建築部以及居民事務部，也緊急派人至現場調查。

細長粗糙的樹枝伸向珍京，雖然她往後退，樹枝卻以非常快的速度生長，緊跟上她的腳步。奇怪的是，她卻感受不到它們撲來的速度，那就像是水從斜坡上流下，花瓣隨春風掉落一般自然。又長又茂盛的樹枝包覆珍京的手腕、腳踝和脖子，纏繞住她的腰。它們弄亂她的頭髮，遮住她的雙眼，還從她的胯下穿過去。即使她知道樹木沒有感情、沒有意識也沒有意義，她還是很不愉快。她覺得自己被玩弄了。珍京折斷樹枝，將它們拆開時，樹枝反而把她勒得更緊，劃破她裸露出來的肌膚。她甚至難以動彈。

看來光是收拾細枝無法解決問題。珍京打算將樹根拔出來，於是開始徒手拚命挖掘泥土。又粗又硬的沙粒扎入手指甲下方，刺痛她的指尖，傳來一陣火辣辣的灼痛感。她過於專注在手指的疼痛，甚至忘記自己的皮膚被劃破、脖子被勒住。

她終於挖出如同人的腳踝那麼粗的結實樹根。然而那樹根非常的乾淨，上面沒沾染泥土、沒有鬚根，也沒有任何傷口，讓人難以相信它之前一直被埋在土裡。再挖深一點、再更深一點。珍京找到樹根的底端，正打算把它挖出來時，樹根卻彎曲了。它如同彎曲的手臂、彎曲的膝蓋那般，果斷地折彎後往地上延伸。怎麼回事？這到底是什麼？珍京用手掌觸摸光滑的樹根，是暖的，感覺好像在動。它的移動範圍不大，程度也不劇烈，而是猶如心臟跳動時，不隨意肌有規則且細微的震動、顫動和收縮之類的。

她用雙手抓住樹根，把它整個拉出來。樹根被拔出來時，翻動了周遭的泥土，那時珍京才發現，樹根是她自己的腿。她的雙腿埋在地裡，身體動彈不得。樹木吸取自身的養分長大後，樹枝再次束縛自己。

珍京發出尖叫聲從夢裡醒來時，立刻伸手撫摸自己的腳，確認腳沒有問題。長滿結實厚繭的腳底，粗厚且凹凸不平的腳趾甲，以及細長的腳趾。她將身體蜷起來，緊抱雙腳側躺了一會後才站起身來。那時玄關的鐵門轟隆作響。珍京不太確定那是不是敲門聲，所以靜靜等待第二次動靜。第二次傳來的是某個東西摩擦經過鐵門的聲音，不同於第一次正面衝撞時那短暫且清晰的聲音，這次的聲音細長又微弱，像是有東西刮過表面。珍京跑過去打開鐵門。

當時是凌晨，門外什麼都沒有，走廊上的感應燈也沒有亮。以防萬一，珍京靠上欄杆往前院看下去，不過依然什麼都沒有，異常的冷清。她感受到從暗處傳來的銳利視線，於是慢慢轉過身，結果薄薄的拖鞋踩到了某個東西。是蝸牛，是一隻小小的圓形蝸牛，只有她的拇指指甲那麼大。應該是某人費盡心思從花子奶奶的菜園裡撿來的。

那時走廊盡頭的感應燈突然閃了一下，有一個沉重的東西飛奔過來撞上珍京的手臂，接著傳來一陣跑下階梯的輕快腳步聲。珍京在猜測和懷疑之前，反射性地跟著跑下去。她一次躍過二、三、四個階梯，大步飛奔而下，很快便撲上前面的身影，揪住他的後領。

是友然。

「你在幹嘛？」

「叫你滾蛋。」

「什麼？」

「不要害了公寓的人，趕快滾。」

珍京偶爾會在供水處、菜園或垃圾場遇到友然。每次友然都會立刻變得面無表情，將視線移向遠方，所以她總覺得友然看起來像是在生氣。他只會乖巧地叫友美姐姐，除了老頭和花子奶奶以外的大人，他一律都不說敬語，態度也很隨便。

「都是因為你，把姐姐找出來！」

珍京輕輕放掉友然的衣領。已經第四天沒看到友美了。雖然珍京同樣很好奇又擔心，但她不知為何願意當友然的出氣筒。友然盯著珍京看了好一陣子後，朝地板啪的一聲吐了口水便轉身離開。

珍京愣愣地在走廊上來回走動，後來走下一樓。半夜花子奶奶一個人在供水處取水。一個水桶已經裝滿水立在旁邊，她正在裝第二桶水。珍京跑出去，扶住傾斜的水桶。

「您不要一個人來取水，可以叫我或……」

或友美，她本來想這麼說，卻臨時改口：

「以後可以叫我幫忙。」

老頭是最後一個看到友美的人。當時已經很晚了，友美經過石碑往正門走出去後，又折返回來，突然敲敲管理室的玻璃門，問老頭今天是幾月幾號。老頭沒有回答，而是把放在桌上的桌上型月曆拿起來給她看。

「我這麼快就活了三十年呢。」

友美沒頭沒腦的突然迸出一句話，老頭一度還懷疑自己是不是聽錯了。在老頭思考的同時，友美已經走出公寓外，沒有再回來。老頭說友美的表情非比尋常，他還大聲喊著友美的名字四處找人。不過不知從何時開始，他又變得安靜不再出聲，而花子奶奶則是在那之後就不再出家門。友美不是第一次一聲不響就離開公寓好幾天。

她經常在外過夜，回來後才說她去了一趟警察局、拘留所或研究院，也曾經時隔四天才回來，說她去某處旅行，還有過一週不見蹤影，回來後說她身體不好去接受治療。不過這次周遭的反應跟往常不同，珍京也莫名感到不安。珍京問奶奶：

「友美在哪裡？」

「你是不知道才問的嗎？」

「是的，奶奶，我不知道。」

「為什麼不知道？為什麼？為什麼要問我她在哪裡？」

為什麼不知道？為什麼？不知道？為什麼？為什麼？不知道？到底為什麼？為什麼？為什麼？不知道？奶奶像喝醉酒的人那樣不斷重複同樣的話。一開始奶奶的語氣像是在諷刺她明明知道為什麼要假裝不知道，接著聽起來像是在追究她怎麼可能不知道，最後珍京才知道，奶奶是真的好奇她為什麼不知道才問的。那時管理室的門突然打開了。

「友美嗎？」

老頭似乎將珍京的聲音錯認成友美了。老頭的眼瞼和臉頰都凹陷下去，這段期間看起來又更衰老了。老頭的眼神反而比奶奶更懇切且焦急，珍京不忍心否認而猶豫不決。老頭使勁用手指抵著太陽穴，頭似乎很痛的樣子，他再次問：

「剛剛好像聽到友美的聲音了，不是嗎？」

珍京緩緩地搖頭後，老頭的雙腿一軟，咚一聲跪坐在地，然後默默揪住自己的胸口，沒有任何呻吟、哀嚎和淚水。彷彿友美已經出了什麼差錯。珍京靠過去伸出手時，老頭啪的一聲打掉她的手臂，然後獨自一人搖搖晃晃地走回管理室。

珍京將花子奶奶送回家後，再次下樓回到前院。她一邊抽菸一邊想著友美；她一邊爬上階梯一邊想著友美；她獨自躺臥在空房間裡想著友美。她想著友美粗壯的手指和巨大且參差不齊的門牙，想著友美往上揚起的眉毛和突出的顴骨。因為她一直在想友美，所以呼吸變得很不均勻。雖然她想要慢慢深呼吸，卻與意志相違。她突然吸入一大口空氣，又突然吐出去。珍京的呼吸變得急促，她像老頭那樣揪住自己的胸口，想著友美，想著道暻。

郵差一臉不情願地敲敲管理室的玻璃窗。

「請問這裡有另外設置郵筒嗎？」

郵差和管理室的老頭都有些不知所措。公寓的郵筒有好一陣子都被當成垃圾桶來使用，現在就連郵筒口都生鏽得黏合在一起了。這是在城鎮獨立之後，第一封寄送到薩哈公寓的官方信件。老頭打開管理室的門走出來時，喃喃低語：

「這裡沒有郵筒耶……」

「那我直接拿給收信的住戶就行了嗎？」

「是幾號的信？」

「七〇一號的。」

老頭往上看看七樓，想了一下後，說：

「我會幫忙轉交，你給我吧！」

「這是急件，請儘速傳達。」

郵差一副正中下懷的表情，迅速將信封遞給老頭後，點個頭就趕緊從公寓離開。老頭不安地收下信封，翻來翻去查看信件的正反面，當他看到寄件人時，肩膀頓時變得僵硬。

老頭將信封插進後口袋後，爬上樓梯。為了倒空過於茫然又窒息的心情，他一一數算自己的步伐。一百一十三、一百一十四、一百一十五、一百一十六……。他想到每天都爬超過一百個階梯的珍京和道暻，還想到秀。單單為了去七〇一號而計算階梯數爬上來，和他為了巡視公寓而四處繞行、慢慢爬上來時的感受完全不一樣。雖然他猜想過即使是年輕人，要爬到七樓也不是輕鬆的事，但他不知道這竟然是這麼痛苦又辛苦的事。老頭爬上階梯時，又對珍京的內心多瞭解了一點。

老頭站在七〇一號前面，有些猶豫，不過他覺得在還不確定信件的內容之前，還是別亂猜測比較好，所以他盡可能面無表情的把信封遞出去。珍京確認信中的內容後遙望遠方。她拿著信封，以極其緩慢的速度搧風。緩緩吹拂的風一點都不涼爽。珍京臉上什麼表情都沒有，所以老頭完全猜不到信件的內容。那時從B棟傳來小孩的哭聲，不過薩哈公寓現在沒有小嬰兒。原來那是貓咪的叫聲。

「看來某個地方有小貓咪呢。」

「牠在發情。」

「小貓也發情嗎？」

「牠當然不是小貓。」

「不然呢？」

「珍京啊！」

「牠明明不是小貓怎麼會發出小貓的叫聲？為什麼牠發情時不看時間和場所，發情後還哭得像個可憐的孩子呢？老頭你有看到嗎？你有看到那到底是發情的貓咪，還是小貓咪嗎？」

珍京在對話中簡略提到，道暻遭到拘捕且被判死刑的事。信中，政府根據薩哈和Ｌ２罪犯的執法規定，已經將屍體乾淨地處理掉了。珍京用她的小手一下就把信件擰成一團，紙張揉爛的聲音，響徹寧靜的走廊，猶如一片薄玻璃被擊碎。珍京推開老頭後，一次跨過三、四階樓梯跑下樓去。

不曉得是不是連公園的管理員都不再過來，散步路已經雜草叢生，完全被覆蓋過去，還有許多垃圾丟置在石頭的縫隙間。一股酸臭的腐爛味隨風飄散過來，還有一群不知是什麼的飛蟲。階梯盡頭的空地上有一張小長椅，事件發生後珍京曾經來過這裡，她現在正躺在那張長椅上。黑暗靜悄悄地覆蓋四周，時間和空間都變得很模糊。她雖然生氣，卻不傷心，只覺得腦袋昏沉、十分茫然而且非常無力。她明明沒有睡著，卻好像做了夢。珍京感覺有某個東西流過太陽穴，她伸手一碰，才知道自己正在流淚。

有人叫了珍京的名字。是夢嗎？第二次的呼喚聲變得更大更清楚，珍京急忙起身躲到長椅後面並大叫：

「不要靠過來！」

然而聲音的主人卻逐漸靠近。她身後是懸崖，眼前的人又逕自靠近，所以她不能草率採取行動。

「真有趣，弟弟也是同樣的反應。」

她彷彿看見道暻渾身僵直，站在死路盡頭的模樣。在最重要的瞬間，道暻也總像那樣猶豫不決，難以下決定。珍京總是會退一兩步站在他身後，暗示他要直接離開、停在原地還是趕快逃走。道暻沒有珍京的指示而跨出的第一步，所朝向的目的地就是秀。直到現在，珍京似乎還是無法瞭解那步伐的意義和重量。無論如何，她只希望道暻沒有後悔，因為在這個世上，有更多人連一步都無法自己踏出去。

站在後面的女人被前面兩個肩膀寬大的男人擋住，看不見臉龐。那女人向珍京提議一起去一趟研究院。

「院方有事情要告訴你。」

「我知道後事情會有什麼改變嗎？」

「那個我就不知道了。」

「那麼我有必要知道嗎？」

女人打了一個哈欠後回答：

「你自己做決定，不要一直追問。不過，你一定會跟我走的。就算沒什麼會改變，你還是會想知道。不管怎麼說，好奇心都是能驅動人的最大力量。」

珍京不發一語，跟著他們穿越漫長的走廊。地板、牆壁和天花板全都是淡灰色的，而且走廊的兩側還配置了間隔一致、大小相同的窗戶。珍京沿路看著走廊的裝潢，不禁開始頭暈。她想起走過這條走廊的友美：五歲的友美牽著花子奶奶的手，十五歲的友美想要逃跑，二十五歲的友美無能為力。友美在數十年間不斷走過這條路，對她而言想必就像一種催眠。

珍京走進一間沒有窗戶而且陰冷的房間。整個房間彷彿浸泡在酒精或福馬林一類的消毒藥劑後撈出來一般，雖然很乾淨，卻很潮溼又讓人難受。除此之外，還有使腦袋嗡嗡作響的機械運轉聲。那個聲音一下子從右邊的耳朵傳來，一下子又從左邊的耳朵傳來，就這樣忽左忽右地反覆不停。珍京只得把頭轉來轉去，忍受令她頭疼的雜音。

在靠近房門的地方，孤零零的擺放著一張沒有任何花紋和裝飾的原木桌。桌子的大小最少可坐八個人，兩旁各能坐四個。在桌子尾端的座位上，有一個中年男子正在喝茶。茶杯帶有細長的把手，沒有白煙從杯裡上騰。男人對面的座位上也擺放了一模一樣的茶杯，彷彿在跟珍京說位置在那裡。茶杯裡裝的是水。在這張木桌後面，有四、五張看起來像是實驗桌的鐵製桌子。這裡再怎麼看，都不是用來接待客人的地方。是實驗室嗎？為什麼要叫我來這裡？珍京的右眼皮突然微微顫動，比起眼皮，她的內心顫抖得更厲害。當她正不情願的打算在位置上坐下時，發現實驗桌的玻璃面板內好像有東西。

那不是普通的實驗桌，長型的桌面像肉攤的案板，中間的凹陷處上方蓋著一片玻璃面板，有某個東西在那裡面。珍京感到害怕不安的同時，又很好奇。不想去看和想用雙眼直接確認的念頭，在腦中交錯不停。她想起女人說過的話：「不管怎麼說，好奇心都是能驅動人的最大力量。」

珍京繞過男人坐的那張桌子，往實驗桌的方向走去。她終究還是伸長脖子往玻璃面板裡面一探。友美在裡面。雖然友美從胸部到大腿都被紗布包覆，但紗布太薄，所以還是能看見她身體的曲線、皮膚的顏色和體毛。慘白臃腫的臉龐、毫無血色的嘴唇、半睜開只看得見眼白的眼睛。友美現在躺在她的眼前。一陣嘔吐感湧上，珍京摀住自己的嘴巴，好不容易才停止反胃。

「我想在其他地方談。」

珍京的話使男人皺起眉頭，鼻梁間擠出三條直線皺紋。

「這裡沒有其他適合的地方，所以才帶你來我們的研究室。只有這裡適合安靜地談話。」

男人喝了一口水後，接著說：

「趕快談完對我們彼此都好，不是嗎？」

男人指了指他前方的座位，珍京扶著桌子走過去，在男人正對面坐了下來。她雖然很口渴，卻沒有喝他們準備的水。各種情緒湧上她的心頭，連之前費力壓下的情緒也一次湧了上來。無助的憤怒以及隨之而來的罪惡感、疑問和疲憊層層包裹珍京的身軀。她覺得自己被關在那些情緒裡，猶如身在蠶繭中。然而在最後的瞬間，破繭而出的不是蝴蝶，而是飛蛾。飛蛾拍動沉重的翅膀，撒下骯髒的粉末。珍京撲到男人身上，將他連人帶椅子撞倒在地，揪著他的領口用力搖晃，對他大叫：

「非得要做到這樣嗎？為什麼！」

男人用非常不悅的表情看著珍京，把她從身上推開，說：

「還沒死。」

「什麼？」

「我說還沒死。」

珍京想到道暻，然後轉過頭看了看友美。她半睜著眼睛，嘴唇看起來似乎在蠕動。珍京不敢問男人講的是誰，她無法忍受自己將這兩個生命放在磅秤上衡量輕重。珍京一鬆手，男人便冷漠地拍了拍自己的衣服，然後把椅子扶起來坐好。男人用食指的指尖緩緩滑過白色茶杯的光滑曲線，又補了一句話：

「兩個人都還沒死，至少目前還沒。」

珍京的腦中刮起一陣暴風，男人則一臉泰然地垂下視線。雖然珍京已經用舌頭舔了好幾次嘴唇，但現在她連舌根都乾燥不已，嘴唇一點都沒被溼潤。她終究還是拿起桌上的茶杯，喝下一口水。那口水流淌在她的舌苔之間，猶如海水逐漸浸溼沙堡，將城堡拆毀那般。乾澀的口腔和舌頭的肌肉都慢慢放鬆下來。珍京用溼潤的舌頭滋潤嘴唇後，問：

「道暻也在那裡面嗎？」

「沒有，不過我們應該可以幫你。」

「幫我什麼。」

「幫你做你想做的事。」

「為什麼？」

「因為我們也需要你的幫忙。」

男人慢慢走向桌子後方。珍京將頭轉向實驗桌，看到男人將手掌輕輕放在映照出友美臉龐的玻璃板上，然後彷彿在撫摸友美的臉龐那般，上下擦拭玻璃的表面。

「我結束助理的工作後，第一個負責的研究專案就是她。當時負責的組長不曉得在搞什麼，把資料全都帶走後就人間蒸發了，我可以說是接任他所有的工作。我匆匆幫他收拾殘局，一步步填滿研究的空白，一直做到現在。」

男人濃密的眉毛在他說話的同時，抖動了好幾次，他盯著友美的眼神裡閃爍著殺氣，珍京從他的眼中讀到一股奇妙的興奮。身形巨大且膚色慘白的女人在裡面沉睡著。她看起來就像不小心吃下陌生人給的蘋果後，昏厥過去的童話公主。王子對玻璃棺內的公主一見鐘情，他請求矮人讓他將公主帶走。那是已經死掉的公主，死掉後躺在玻璃棺內的公主。王子將公主的屍體帶走，是打算要做什麼？如果他的隨從沒有讓玻璃棺掉在地上，如果卡在公主喉嚨內的蘋果沒有掉出來，公主也沒醒過來，他打算怎麼做呢？說不定比起兩個人長長久久幸福快樂的過日子，王子更希望公主永遠都不要醒來也不一定。

珍京撫弄著茶杯，不發一語，那時玻璃箱內的友美緩緩睜開眼睛，她微微張開蒼白的嘴脣，深吸一口氣後，又吐出一口長氣。玻璃箱的表面蒙上一層白色薄霧，但很快又消退不見。友美再次緩緩閉上眼睛。友美活著，這是真的，友美還活著。

「要我幫你什麼？」

珍京發問時，男人喝了一口水，似乎是想假裝他並不著急，然後才說：

「有一個必要的資料，但那個資料現在在公寓的某個人手上。希望你能夠說服那個人，把資料拿來給我。」

「你直接去要不就行了。」

「我試過了，但他講不太通，還威脅我說要把資料給燒掉。」

「那個資料是什麼？在誰的手上？為什麼你要跟我說這件事？」

「因為我覺得你能順利將資料帶過來。」

「為什麼是我？」

「因為你有遺憾。」

珍京覺得自己沒辦法拒絕男人的提議。

「那你要怎麼幫我？」

「不是我親自幫你做什麼，我哪有什麼權力。」

「那麼誰會幫忙？」

「那個我也不知道，沒有人知道。大概是某個不為人知、位高權重的人，某些人。」

男人從內側的口袋拿出一張名片遞給她。

「你想一想後聯絡我，既然要做就快一點，我性子比較急。」

珍京朝反方向鑽出上班的人潮，從研究院走出來。她的口袋裡連一個銅板都沒有。經過公車站時，她看見穿著制服的孩子成群從公車上下來。一群身穿灰色棉褲和白色T恤的男孩先下了車，後面又有幾名穿著同一色系裙子的女孩跟著下車。那群男孩自顧自提著包包，推撞彼此的肩膀走在前頭。只有一個男孩自己一個人扶著公車站的站牌站在原地，最後一個下車的女學生自然而然走到他旁邊。兩個人並肩走在人群後面，他們既沒有牽手，也沒有對話，甚至沒有對視，只是一直看著前方並肩走著。

在人行道兩旁有成排的櫻花樹，樹枝自然地往道路的方向生長，形成了一個綠葉隧道。樹葉的顏色隨著陽光照射的方向產生變化，時而變成綠色，時而變成淺綠色，時而變成白色，時而又變成金黃色。這對年幼的情侶穿越發光的櫻花樹隧道。沒想到在夏天，花朵凋謝、果實掉落的櫻花樹也這麼美。沒想到春天那麼朦朧，夏天那麼耀眼；沒想到秋天那麼暖和，冬天那麼溫柔。她什麼都不知道。這樣不算是曾經活過吧？不算是正在活著吧？珍京看著眼前的景致喃喃自語。

老頭將水管接在水龍頭上，正朝著菜園灑水。珍京一副什麼事都沒發生似的，彎腰向老頭打招呼後走進公寓。老頭稍微看了珍京一下，然後拍拍手把水甩掉。老頭關上水龍頭時，水龍頭發出隱忍哭聲時會發出的嚶嚶聲響。他的手緊緊握住水龍頭，即使整隻手都沾溼了，看起來還是很粗糙。兩人猶如事先約好一般，都沒有提道暻的事。

「有看到友美嗎？」

老頭突然問。珍京不知道他這麼問的真實意圖為何，所以沒有回答，老頭也沒有追問，只是有氣無力地走進管理室。珍京心亂如麻，老頭是知道些什麼才那麼問的嗎？珍京轉頭望著變成廢墟的菜園，乾巴巴的莖葉就像是被剝製成標本的蝴蝶翅膀，只要手輕輕一碰就會碎成碎片。能再次活過來嗎？能再次發芽、長葉、開花並結果嗎？那些奶奶工作到一半時，摘下來給她的小番茄、小黃瓜、萵苣、紫蘇葉和春白菜花……

奶奶遞給她時，她總是直接放進嘴巴裡，既不會拍掉上面的泥土，也不會先用水洗過。蔬果放入口中時，散發出香甜、清爽又新鮮的香氣，碰到舌根時，傳來時而光滑時而粗糙的觸感，還有咀嚼時，發出喀滋聲響的口感。她還曾經無意間吃到會辣的辣椒，結果瞬間噴出眼淚。花子奶奶看著珍京就著水龍頭，咕嚕咕嚕喝水的樣子，在一旁像小孩子那樣嘻嘻笑。她只有在那時才聽見奶奶的笑聲。

珍京猶豫了一下是否要上樓回家，但最終還是走進管理室裡。珍京和老頭並排坐在小電視機前，她將手伸進口袋，一邊撥弄名片的邊角，一邊思考友美的事。高大的友美了無生氣地躺在那裡面，她口中還吐出白色的氣體。不過道暻真的還活著嗎？珍京不知為何難以平復內心的恐懼。電視新聞開始後，老頭這次也將音量調大。政府預計要拆除薩哈公寓。最近政府在總理會議上決議，要杜絕以薩哈公寓為中心的暴力犯罪，而且為了進行市中心的重整工程，還要拆除薩哈公寓。自動搬遷的期限到這個月底，從下個月二號起就會強制住戶搬遷。

公寓的住戶大部分都有聽到新聞，但是沒有人、沒有任何人針對這件事發言。那天晚上和平常一樣寂靜，老頭和珍京都各懷心事，坐著發愣。老頭突然叫了珍京，然後又說「沒事」，接著又再次叫了珍京，結果還是說「沒事」。珍京走出管理室到菜園的角落抽菸，她掏出男人遞給她的名片，正反兩面翻來翻去。她覺得拆除公寓的計畫是針對自己的一種催促或說服，又或者是通報，這只是她的想像嗎？那時某個人從珍京的後面搶走她拿在手上的名片。珍京嚇得轉過頭一看，老頭正一邊往後退，一邊瞇著眼睛察看名片。那張名片隨便給別人看也沒關係嗎？雖然珍京有些苦惱，但反正名片上除了電話號碼，什麼都沒有。

「這是誰？」

珍京不曉得要怎麼回答，只是衝著老頭笑。老頭嘟了一下嘴巴便把名片還給珍京，然後沒頭沒腦的問：

「珍京你知道兔子和鱉的故事嗎？」

「賽跑到一半時，兔子在路邊睡著……」

「那個是兔子和烏龜，我說的是鱉，是鱉。」

老頭在管理室前的椅子上坐下後，開始講起故事。很久很久以前，聽說住在海底龍宮的龍王得了絕症……看老頭一臉認真的模樣，珍京覺得很無言。老頭無視珍京的反應，一副在說書的樣子，還用不同以往的聲音賣力演說。大家都知道唯一能讓龍王康復的藥就是那個東西，雖然鱉費了一番功夫將兔子帶到龍王的面前，但兔子卻撒謊說，牠把自己的肝放在陽光明媚的地方，沒有帶來。結果鱉只好再次讓兔子坐上牠的背，游回陸地去。

「你覺得兔子說謊是不對的嗎？」

「牠哪管得了其他，這可是攸關自己的性命。」

「對啊！沒錯，所以不要相信那種人說的話。東西不在那裡，就算跟過去也沒有，所以我們總是要思考真的東西在哪裡。」

這老頭是不是真的知道些什麼？珍京掏出一根香菸給老頭，老頭揮揮手拒絕後，走進管理室裡。珍京坐在老頭剛剛坐的位置上，不斷反覆思索他講的話。

不在那裡，就算跟過去也沒有，所以我們總是要思考真的東西在哪裡。

……………

就業輔導所的所長奶奶，慢慢將椅子推開後站了起來，一拐一拐的往門口走去，把鎖頭掛在門上，響起一陣鐵鎖噹啷噹啷的碰撞聲。珍京的心中也發出噹啷的聲響，有某些東西撞在一起了。

所長在辦公室中央的沙發上坐下來。她將全身的重量都放在沙發上，那時噗的一聲，傳來沙發空氣外洩的聲響。所長用下巴指了一下對面的沙發，要珍京過來坐下。珍京假裝自己毫不緊張，伸直了腰坐在沙發上。所長用顫抖的手從桌子下方取出銀色的菸盒，盒子裡並排擺放了八根細長的香菸。所長拿出其中一根菸，倒著在桌上叩叩敲了兩下。珍京立刻從口袋裡拿出拋棄式打火機，然後用另一隻手托著拿打火機的手，恭敬地為所長點燃香菸。所長甚為滿意，笑到臉部五官都扭曲了。

所長將香菸咬進嘴裡深處，當她再次將香菸拿出來時，上面沾滿了口水和重抹許多次的口紅，看起來亂糟糟的。所長不斷從口裡吐出白煙，彷彿要將自己的靈魂全都吐出來似的。有五、六個染上同款口紅的菸屁股，被折彎後堆積在菸灰缸裡。所長接著又折彎一根香菸堆在那上面，然後從口袋拿出口紅，用顫抖的手在嘴唇上認真塗抹。珍京不發一語，等待所長結束一切的儀式。所長抿了幾次嘴唇後，漂亮的深粉色口紅使她的唇紋更加明顯。

「你是信任我哪一點，這樣在我面前亂講話？」

「我不信任您。」

「那你是在打什麼算盤，對不信任的人亂說話？」

「如果是所長您的話，應該可以弄到那個東西。」

「你要用在哪裡？」

「我要把他們全都殺死。」

所長沒有嚇到，也沒有露出笑容，只是平靜地問：

「你用過嗎？」

珍京答不出來。所長從桌子下方拿出便條紙，然後用插在襯衫口袋的高級鋼筆在紙上緩緩抄下地址。

「你去這裡看看，我會先打電話過去。」

所長的右臉在抽動，她眼睛下方的傷疤不自覺跟著反覆開合。珍京點了點頭後，正打算轉身站起來，那時所長問：

「你不付錢嗎？」

「啊，要多少……」

「還問我多少，你有錢嗎？」

珍京沒能回答，光是默默用手撥弄便條紙的邊角。所長又用顫抖的手從菸盒裡拿出一根菸。

「把錢付清之前，你的工資都歸我，所以直到你把錢還清之前，都要一直工作，不要挑三揀四，我幫你找到什麼工作，你就努力做。」

所長拿出和香菸一起放在菸盒裡的金色薄打火機，雖然她滑動了開關，打火機還是沒有冒出任何火花。珍京看了一下原本閃閃發亮，現在卻因為過度刮傷和磨損而失去金黃色澤的小打火機，以及正在和打火機較勁的所長，然後從口袋裡拿出自己的拋棄式打火機遞了出去，但所長搖了搖手拒絕。

並不是閒來無事可做才那樣，有些小事反而是在忙碌又不安的狀況下，才更想自己做。

轉開鎖得太緊的瓶蓋、撕下沒貼好的貼紙、解開在意想不到的地方纏住的結。珍京覺得現在對所長來說，點燃香菸這件事，或許正代表著那種意義。

七名總理平常用來辦公的總理館位於國會內部，這是官方的說法，並非事實。總理館是一棟面積狹小且老舊的三層樓建築。第一代總理們認為，另外規劃專屬總理的空間是一種浪費，後幾代的總理也遵照他們的意思，至今為止，開會時使用的場所依然是國會內部最小的空間。他們不能炫耀自己的富有及名聲，所以他們擁有的只是自負心和責任感。神祕的身分、強大的權力、唯有犧牲不求回報的人生。居民很尊敬並感謝總理，居民相信城鎮之所以是全世界最安全、最富裕、生活品質最好的地方，都是基於總理們正確的判斷。城鎮不會浪費時間在犯錯和搜集意見上。

電視在播報與總理團相關的新聞時，總是播放同一個資料畫面。那個影片似乎是在數十年前拍攝的，畫質非常差，時間也很短。在空無一人的會議室裡，有一張巨大的會議用圓形木桌及七張黑色的高背椅。桌上擺了七隻麥克風和七個玻璃杯，天花板的華麗吊燈與整體的氣氛很不搭。畫面中只有一個玻璃杯裝滿了水，這讓珍京覺得很奇怪。每次播放到那個畫面時，她都會特別留心察看玻璃杯。

那個影片是唯一對外公開的資料。總理館絕對禁止外部人士出入，而且也不開放媒體採訪，因此形成許多與總理相關的謠言。民間流傳著各種傳聞，有人說總理的生活比大家所知的還要奢華，也有人說國會裡的總理館是假的，他們其實住在研究院內，還有人說有個沒標示在地圖上的小島，是他們的樂園。除此之外，有傳聞指出去世的前研究院院長，曾經擔任過總理，還有人說某個有名的電影演員正在兼任總理一職，不過這些傳聞都沒經過證實。

每天下午兩點，總理們都會舉行當日的會議。珍京以健教合作企業組長的身分，預約兩點到國會參訪。這次也是所長奶奶幫忙的。所長遞給她的黃色信封袋裡，有一本健教合作企業的簡介，還有參訪申請書。

「你是那間公司的組長，明天會去國會參訪。身分證已經在裡面了。」

所長拿出一張舊地圖，還有幾張像素很低的照片。那張復印的地圖上有好幾處被修正液塗掉，然後再用筆重新畫上去，地圖的出處也不明確。珍京反覆察看那張毫無根據的地圖，直到幾乎背下來為止。所長給她的那幾張照片，是國會和總理館的衛星照片。她比對地圖和衛星照片後，發現兩者有幾處並沒有完全吻合，所以她覺得建築物裡面可能有密室或祕密通道。

珍京將手指放在地圖上，用食指在上面比劃，確認行動的路徑。首先要到外賓接待室確認預約。信封裡的身分證上印的明明是別人的名字，卻貼著珍京的照片，不知道照片是從哪裡來的。所長奶奶是怎麼弄到的？

確認動線後，珍京檢查了一下自己的隨身物品。聽說國會的職員連訪客的口袋和背包都會一一檢查，能自然攜帶入內的隨身物品大概只有手機和相機。珍京將相機內的零件全部都拆卸下來，只保留外殼，然後勉強將左輪手槍塞進裡面。這是目前的第一個難關，她要帶著假的身分證和藏有左輪手槍的相機，平安無事地通過接待室。

她進入國會後，參訪活動的負責人會出來接待她。他們會先經過別館去參觀位於本館的會議廳，然後再從後門出去參觀庭園。她必須在途中甩掉職員，從圖書館中間的小路前往總理館。那條小路在照片中看起來像是一片叢林，似乎長久沒有人整理，又或許是有人故意在那裡種植大量堅韌又帶刺的植物。那條路被近乎黑色的深綠色覆蓋，而且杳無人跡。雖然珍京試圖安慰自己，可能是因為衛星照片的解析度太低，看起來才會那樣，但她仍然無法抹去心裡的恐懼，她擔心那裡可能沒有路，而路的另一頭可能不是總理館。

她選了一雙低跟皮鞋，然後在普通的襯衫上套了一件夏天穿的輕薄亞麻外套。珍京頻頻想起友美和道景，並且反覆思索老頭說的話。

總理館

一個中年女子滿臉倦意地坐在櫃檯，她確認預約者的名字和身分證條碼的掃描結果一致後，制式化的將訪客證遞給珍京。珍京將無法拍照的相機和不會有來電的手機，跟包包一起放在桌子上。職員檢查過她的衣服和包包後，她自然地將鏡頭往外凸起的相機背到肩上，然後把手機插進後口袋裡。

為珍京帶路的職員穿著鞋跟很高的皮鞋，噠噠噠的鞋跟聲非常清脆響亮。珍京走得有點慢，為了看起來很鎮定，她沒有眼神亂瞟，而是轉頭冷靜地察看四周，確認實際的構造和她從所長那裡拿到的地圖，以及她在腦中描繪的動線是否一致。

她們先往別館走去。珍京先參觀展示館，裡面陳設了獨立以後城鎮和國會至今的歷史，讓人一目瞭然。看完展示館後，她接著走進議程體驗館。珍京隨意開關麥克風，也按了按電子投票機的按鈕。職員向她說明這裡是近期新建的空間，可以讓學生親自體驗整個會議過程，包含議案的提出、表決及採用等程序。為了參觀會議廳，她們接著往本館移動。

有幾名警察一直盯著珍京看，他們似乎很介意平日白天有年輕女子掛著訪客證在國會裡走來走去。每當感受到他們的視線時，珍京就舉起相機靠近眼睛，遮住自己的臉，假裝在拍照。只剩下外殼的相機、看不到鏡頭畫面的取景器、就算按壓也拍不了照的快門，以及不會留下紀錄的記憶體。珍京覺得自己就像是這臺相機。她隨意觸摸路上的標示牌，偷窺開著的門縫並轉動門把。那些皺著眉注視珍京的警察，看到她反覆做同樣的動作，便判斷她可能本來就是愛東張西望的人而鬆懈了下來。

「我去一下廁所。」

廁所的標示往外凸出，位在走廊的盡頭。職員以笑容回應珍京，揮揮手讓她趕快進廁所。珍京走向廁所時，保持同樣的速度和同樣大小的步伐。她稍微轉開洗手檯上其中一個水龍頭，並反覆調整水流的大小。先讓細細的水流流出，接著讓水珠滴答落下，然後又再讓水流流出。她確認六間廁所都亮著可以使用的綠燈後，走進最後一間廁所。

接下來的動作她練習了一整夜。她穿外套時，只扣了最上面的兩個扣子，她先把那兩個扣子解開，並將外套脫下來掛在牆上的掛鉤上。她快速拆開相機的寬背帶，調整好長度後，將兩端接在一起並固定，好繞過肩膀和身體，然後從背帶墊裡拿出摺疊後藏起來的手槍皮套，並把皮套攤開來。她拆開相機本體，取出斜斜的塞在裡面的左輪手槍，把槍套在皮套上。她用廁所的衛生紙層層包裹相機的外殼，丟到垃圾桶裡，然後再次穿上剛剛脫下來的外套。

她一隻手扣上外套的扣子，另一隻手則按下馬桶的沖水鈕，然後從最後一間廁所裡走出來，整個過程大約花了兩分多鐘。廁所裡依然一個人都沒有，珍京事先打開的手龍頭流出微弱的水流，似乎快要停下來。她在指尖沾了一點水後，鎖上水龍頭。

珍京一邊甩水一邊走出廁所時遇到警察。水珠一彈出去，警察就皺起眉頭。她張大嘴巴，露出尷尬的笑容向警察道歉。珍京從警察身邊走過時，在褲頭上將手抹乾。警察看著她喃喃低語：「怎麼會有那種女人。」

珍京詢問職員，學生是否可以參觀庭園。職員按照珍京預想的路徑，帶她經過後門並往庭園走去，然後說：

「雖然可以參觀庭園，但現在其實沒什麼值得看的。」

國會的庭園只有在一年一度舉辦鬱金香慶典的那五天，才會全面對外開放。那時超過兩萬坪的國會庭園，會開滿各種顏色的鬱金香，還會有比花還多的學生拜訪國會。因為這個慶典，鬱金香成了象徵國會和總理團的花朵。

「鬱金香沒有花萼，內側的三片是花瓣，外側的三片則成了花萼。它的外型優雅且獨特，所以聽說歐洲的貴族非常喜歡。」

珍京暫時閉上眼睛，想像庭園長滿鬱金香的模樣，那些鬱金香就像裝滿雷根糖的糖果機一樣，色彩繽紛且鮮明，她彷彿能感受到甜膩的香氣。不過現在慶典已經結束，花朵全被剪斷了。

「沒有花真的好可惜。」

「不過我們重新裝飾了池塘。」

在圖書館的前方，珍京看見地圖上沒有標記的池塘。珍京跟在職員後面，跟她保持一步的距離。她越來越靠近總理館，同時也與站在庭園入口處的警察離得越來越遠。

在直徑約有三公尺的小池塘旁，圍繞著大大小小的石頭。珍京爬上其中一顆平坦的石頭，探頭往水裡面看。水質非常清澈，可以清楚看見池底的石頭和沙粒，而且也完全沒有長青苔。十多隻紅黃相間的錦鯉正在裡面自由自在地游動。牠們看起來足足有五十公分長，不過卻扁瘦瘦的，沒有什麼肉。如果這個池塘位在對外開放的場所，肯定會有許多人餵食，讓牠們吃得圓滾滾的。珍京從石頭上下來，並排站在職員的右邊，說：

「可以餵魚嗎？」

「啊！我問問看這可不可以包含在參訪活動中。」

「不是，我是指現在。」

「現在沒有飼料。」

「我有帶一點餅乾，錦鯉看起來太瘦了。」

職員有些為難，歪頭笑了笑，說：「這樣啊，好，你請吧。」勉強答應了她。珍京解開一個扣子，將右手伸入外套內，在一旁呆呆看著她的職員，突然吃驚地說：

「你的相機不見了！」

珍京用左手接著解開另一個扣子，然後用右手握住被自己的體溫捂熱的武器。職員的眼睛瞬間睜大，張開嘴巴大口吸氣。

她吐出那口氣後就會尖叫吧。珍京用左手拉起外套，蓋住手槍和右手，然後將槍口抵在職員的太陽穴上。巨大的槍響劃破安靜且凝結的空氣。職員呼一聲發出氣體排出的聲音後，便往前撲倒。

一個自稱是所長奶奶朋友的年輕男子，將左輪手槍遞給珍京，一一跟她說明手槍的構造。

「這裡叫作槍口。開槍時，子彈射出去的地方。知道吧？上面凸出來的是準星。瞄準時，準星和後面的照門要與目標物連成一直線，這樣才能對準。這是把彈巢取下來時要按的按鈕，旁邊會轉動的就是彈巢。每次射擊時，它就會自動一格一格轉動。這個是什麼呢？沒錯，它就是扳機，這個很常看到吧？」

珍京大概聽了五分鐘的說明。男人接著為她示範握槍的方法、瞄準的方法和減少震動的方法等。當珍京跟著做時，他就在一旁幫忙調整姿勢。手槍的重量比看起來的還要重，使得她手腕很痠。男人抓著珍京的手往上提，並且說：

「你用克拉克手槍應該會比較好，應該要搭配自己的狀況來選擇才對。不過這款手槍已經是左輪手槍中比較小又比較安靜的了。」

他說完後，指著放在辦公室角落的鳥籠。

「瞄準看看。」

「什麼？」

「你射射看比較大的那隻金絲雀。」

「真的開槍嗎？」

「不然你連一次射擊都沒練習過，就要投入實戰嗎？沒有其他練習機會了，只有這一次，你射射看。」

珍京深呼吸後，按照男人的說明，輕輕握住槍柄，將右手食指放在扳機上，然後用左手托住右手。黃色的小鳥猶如在沉思般望向半空中，珍京對準那隻鳥小小的頭，讓牠和準星及照門成一直線。珍京異常的冷靜，她用力眨了一下眼睛後，鳥依然在同個位置上保持同樣的姿勢。珍京慢慢將食指往自己身體的這一側拉。

喀擦，手槍發出空彈巢轉動的聲音。她沒有感受到任何震動，也沒聽到任何噪音。嗯？珍京把手放下後，看了看金絲雀，男人噗哧一笑。

「很好，這樣就行了，可以了。」

「什麼？」

「練習結束了。」

「我打中了嗎？子彈飛出去了嗎？」

「小姐，你膽子真大，你打算用實彈射擊嗎？這裡如果發出槍聲就慘了。我看你剛才扣扳機的樣子沒什麼問題，這樣就行了。這裡有八枚子彈，不要亂開槍，要省著用。好好加油吧。」

珍京心想，如果她真的開槍射中金絲雀會變得怎麼樣？子彈如果真的照她瞄準的那樣射出去並擊中的話，金絲雀鐵定會支離破碎。那樣她也不會在意嗎？當她這麼想時，才不禁感到害怕，顫抖了起來。

所以這次是她第一次射擊。珍京的耳朵嗡嗡作響，腦袋一片空白。她不管三七二十一，跑進圖書館和別館中間的泥土路。如果她沒有開槍，那個女人吐完氣後真的會尖叫嗎？會攻擊她嗎？珍京開槍射了人。那個人親切地為她介紹參訪的路線，在廁所前面等她，還允許她餵錦鯉吃餅乾。珍京堅定的內心和信心開始產生裂痕。

她跑進泥土路時，眼前有非常巨大且粗壯的大樹擋在路中間，她茫然地站在樹前。在樹木之間，還長滿了及膝的雜草和藤蔓。儘管珍京盡可能將腳抬高，蹦蹦跳跳的穿越在植物之間，她的腳背還是一直絆到不明的樹枝和冒出地面的樹根，整個人跌跌撞撞的。珍京往前跌倒時，用手掌撐著地面，那時掌心傳來一陣刺痛。一根不曉得從哪裡冒出來的鐵絲垂直刺入她的拇指下方。那一瞬間，有槍聲從她身後傳來，珍京來不及拔掉鐵絲便趕緊逃走。

傷口非常痛，而且插在手掌上的鐵絲一直勾到她的衣服。她心想不能再這樣下去，於是便用門牙咬住鐵絲，把它拔了出來。細細的血柱如同射水槍那般，呈拋物線噴了出來。她反射性含住傷口，用舌頭止住血流後，繼續往前跑。

「站住！」

第二記槍聲響起的同時，傳來一句高聲的警告：

「站住！不站住就要開槍了！」

珍京和生鏞的鐵絲搏鬥而降低速度的同時，他們又靠近了一步。那些是剛剛站在庭園入口的警察。他們兩個人都來追捕珍京，看來已經拋下了中槍的女人。雖然那女人被命中要害，不可能存活下來，但一想到有個女人正在死去，壓在珍京肩上的罪惡感就變得更加沉重。不曉得是因為身體變重，還是因為路況太險惡，珍京一直絆倒，沒辦法像剛才那樣前進。

在她的腳被樹叢勾住而失去平衡的瞬間，劃破空氣的彈道聲響和熱氣，快速經過她的耳邊。珍京彎下腰後，回頭往後一瞥。有一個人抬腳從遠處朝珍京奮力跑來，而另一個人則緊縮著肩膀，正拿槍瞄準珍京。那個人拿槍的動作看起來和珍京一樣生疏，他瞄準珍京時，肩膀縮得太緊，彎曲的手臂因為緊張而僵硬，手也不斷往後靠近臉。珍京轉身持槍瞄準那個男人，但後來還是把手放下來。反正不管是她還是那個男人，都無法射中彼此。珍京往總理館所在的方向全力衝刺。當她在路的盡頭看見一扇藤蔓纏繞著的鐵門時，空中傳來一聲槍響，聲音微弱地往四處傳開，那一槍明顯沒有對準她。

那扇鐵門是由手指粗的鐵桿密集組成的，在鐵桿的上端，有短短的鋼筋如同捲髮的髮尾那般卷曲成形，鋼筋間還裝了又尖又長的鐵絲。那扇門低矮且破舊，鐵門對面非常安靜，彷彿在暗示她，就那樣爬過去也沒關係。珍京沒看到監視器之類的東西。難道鐵門有通高壓電嗎？她觀察周圍後，試著將折斷的樹枝丟過去，但什麼事都沒發生。她轉過頭看時，除了先前那兩個人之外，又多了六個男人正朝她靠近。她能逃跑的方向似乎只有一個。當珍京不得已越過鐵門時，聽見子彈射中鐵門後彈出去的聲音。

⋯⋯⋯⋯

珍京失去了意識。她既沒有撞到頭，也沒有受到電擊。她明明是用背部滾一圈後，右肩首先安全著地，卻彷彿被按下開關一般，有段記憶是空白的。她的背部傳來一陣堅硬卻又柔軟且潮溼的觸感。

珍京呈大字形躺在落葉堆上，位置就在她剛剛越過的矮鐵門旁邊。將落葉堆在那裡的人，大概從一開始就沒有要將落葉清走，四周散發出樹葉腐爛的惡臭味，還滲出一股不舒服的溼氣。在門的對面，追捕珍京的那些男人正背對她，逐漸遠去，他們的步伐不快也不慢。為什麼不追了？真的很奇怪。雖然很奇怪，但她也只能接受現況。

遠處有一棟老舊的三層建築物映入眼簾。珍京將右手深入外套中，摸了摸手槍的皮套。

在建築物的外牆上，嵌有數個高度超過半面牆的巨大平開窗。當風吹過時，有些朝外推開的窗戶會稍微往內闔，有些則會稍微往外開，也有些窗戶僅僅發出喀喀巨響，卻仍舊緊閉。其他往外完全推開的窗戶則互相碰撞，發出喀拉喀拉的聲響。攀附生長在水泥牆面上的爬牆虎，悄悄越過窗框爬入建築物內。雖然有些莖葉在窗戶開開關關的過程中，終究被壓爛而斷裂，但也有許多莖葉彼此彎曲纏繞，形成粗壯的一條，讓窗戶關不起來，最終沿著建築物的內牆攀爬進去。那些窗戶並不是開著，而是關不起來。

裡面什麼都沒有，只有風、枯葉和沙粒藉著關不起來的窗戶，任意在建築物內外進進出出。珍京慢慢繞建築物走一圈，在過程中，她緊繃的肩膀逐漸放鬆，放在皮套上的右手不再出力，手臂也在不知不覺中滑出外套外。當她再次走回起點時，掛在天花板上的華麗吊燈突然映入眼簾。

往下垂吊的水晶正輕輕擺動，在那些水晶之間結滿了蜘蛛網。風吹過時，蜘蛛網就像是從棉花糖機器裡噴出來的糖絲，在空中微微飄動。吊燈的尾端裝設了花苞造型的電燈泡，其中有幾個已經破掉，而構造完好的那幾個燈泡看起來也沒有通電。過了好一陣子，珍京才回憶起這盞吊燈如月亮那般發出灰冷光芒的畫面。那畫面來自於電視新聞。一張巨大的會議用圓桌，七張椅子、七隻麥克風和七個水杯，以及天花板上的吊燈。在畫面中，燈光通過數百片玻璃朝四方發散而出。比起照明效果，吊燈主要是用來裝飾，所以大多都會選擇亮度較低且色澤溫暖的吊燈。不過那盞吊燈的燈光卻特別白亮，所以珍京當初看到時，就覺得它很不符合效益。

那裡只有吊燈，沒有會議用的圓桌，也沒有以七為單位的椅子、麥克風和水杯。只有一張小木椅放在房間的一角，旁邊還有一座有玻璃門的破舊電梯，不曉得它通往哪裡，也不知道是否還能啟動。椅子的正對面則有通往二樓的樓梯。灰塵、落葉和紙屑都在地板上滾動。珍京不自覺的喃喃低語：「不是這裡吧？這裡不是會議室吧？那應該不是同一盞吊燈吧？說不定這裡根本就不是總理館。」

珍京往建築物內看時，突然發現這棟建築物沒有門。牆壁上只有成排的窗戶，卻沒有另外開設門的通道。明明是一樓，卻沒有門。這裡究竟是哪裡？

珍京越過開得最大的那扇窗時，玻璃門內的電梯開始啟動，整棟建築物都嗡嗡作響。時間原本如同詭異的風景畫般靜止不動，現在卻猶如解開了魔法的封印，隨著珍京的登場而再次流動。是夢嗎？這是夢嗎？珍京試著用腳底踩踏木地板，地板下是空的，天花板還採挑高設計，整棟建築物都發出咚咚聲響。那聲音傳到耳朵，震動則是從腳底傳至全身。這不是夢。珍京慢慢爬上樓梯。

二樓看起來像是一間小飯店的大廳或接待室。樓梯前方有一張巨大的大理石桌，周圍擺放了皮製沙發和香龍血樹的盆栽，盆栽之間還擺放了沒有安裝燈泡的立燈。沙發只有扶手的部分是木製的，其他部分都是由深土黃色的牛皮製成。即使沙發上幾乎沒有任何裝飾，看起來依舊很高級，而且上面雖然積滿了灰塵，卻不會破舊，反而像是全新的。沙發的皮革光澤和椅墊的彈性依舊，表面也沒有破洞或刮痕，只不過造型有些過時。就像表面上看到的，那是一座老沙發。鋪在地上的圓形地毯、照亮沙發的閱讀立燈和放在椅凳上的電話，全都是以前的物品。

在大理石桌後面，有一張又寬又高的櫃檯桌，那後面還有一條長長的走廊，走廊的兩側有數個巨大的木門，上面並沒有任何標示，而走廊的盡頭則有通往三樓的樓梯。珍京這才發現，她剛剛在一樓看到的電梯，現在卻不見蹤影。

珍京一邊舉著槍，輪流瞄準走廊兩側成排的門、走廊盡頭的階梯和大廳，一邊小心翼翼地走向第一扇門。門把完全轉不動，不論她怎麼推拉，那扇門都毫無動靜。珍京舉起腳，用腳掌用力踹向木門。門沒有打開，反而是牆壁跟著木門一起震動，它們是連在一起的。原來這扇門不是能打開的通道，只是像圖畫那樣的裝飾，其他門也是一樣。

那時風吹了起來。在大廳後面有兩扇大窗是開著的，窗外高聳的樹木正隨風輕輕搖動。在國會的庭園裡竟然有這麼蓊鬱的樹林，還有一棟這麼老舊又詭異的建築物。即使珍京就站在建築物內，她依然無法相信。珍京爬上走廊盡頭的階梯，前往三樓。

在樓梯的盡頭，有四把長長的機關槍正等著她。珍京慢慢張開右手，原本握在手裡的左輪手槍重重地往下掉，砸中她的腳背。珍京將兩隻手都張開，繼續慢慢往前走。四個槍口仍舊朝向珍京，他們與她保持一定的距離，以同樣的速度往後退。

「站住。」

雖然那聲音隔了一層面具，聽起來悶悶的，但還是能清楚辨識出那是女人的聲音。再仔細一看，站在最右側的那人，身材有些矮小。女人一點頭，她旁邊的兩人便走向珍京，用巨大的手在珍京身上仔細摸索了好一陣子。其中一個人的觸摸讓她覺得特別不舒服，她一拍掉那人觸摸她腰部的手，那人便停下動作，然後像珍京剛剛做過的那樣，張開雙手並往後退下。剩下的另一人轉過身點點頭，表示珍京身上什麼都沒有。站在前方的另外兩人，接到信號後也往後退，讓出了通道。

三樓的空間窄得出奇。雖然建築物的外觀看起來也是金字塔型，樓層越高面積越窄，但是她沒想到會這麼狹窄。天花板上掛有和一樓同款的吊燈，地上有柱子的痕跡，牆壁上的架子空無一物，角落裡的地毯覆蓋著成片灰塵，有幾扇打開的玻璃窗，還有幾扇是已經破掉的。在大廳的對面有兩扇巨大的平開窗，蓋在上面的天鵝絨窗簾，使窗戶看起來更顯厚重。窗戶旁邊則是那座在二樓不見蹤影的電梯。

電梯響起了抵達樓層的提示音，一位溫文儒雅的老紳士直挺挺的站在電梯裡。電梯門緩緩開啟，男人帶著微笑走向珍京。他穿著樸素的白襯衫和灰色褲子，腳上踩著一雙發亮的黑皮鞋。男人一臉平靜，猶如要從口袋裡掏出一支筆或香菸那般，將手伸入外套裡，掏出一把閃閃發亮的小手槍，舉起槍對準珍京的額頭，然後說：

「你又是誰？」

他的聲音很低沉、粗糙卻又清晰。男人留著一頭白髮，眼周還有深邃的皺紋，但他卻有一雙明亮的眼睛，讓人難以猜測他的年紀。珍京反問：

「道璟現在在哪裡？友美現在怎麼樣了？」

男人歪著頭問：

「你在講誰？」

他看起來真的不知情。男人不認識道璟，不認識友美，也不認識珍京。他出乎意料的反應，讓珍京不知所措。

「你們不知道的話，還有誰知道？」

「你們？」

男人笑了。

「啊！我還沒自我介紹。我是總理館的祕書長，負責管理總理館，準備總理室代言人的報告，也處理像現在這樣的麻煩事。」

祕書長一副現在該輪到你介紹的模樣，與珍京四目相對，用力點了一下頭。雖然珍京被他游刃有餘的態度給鎮住，卻不願服輸，她將自己的額頭靠近槍口，對他大叫：

「我來這裡才不是為了見你，總理們現在在哪裡？」

男人這次依然一臉平靜，將槍口對著珍京的額頭，然後猶如在扣扣子還是拉上拉鍊那般，從容地打開保險栓。

「難道你是死了老公還是丟了小孩，還是父母生病或者丟了工作？而且你覺得那些都是總理決定的？像你這樣的人很多，那都只是『想像』。不過，你到底是誰啊？」

風從開著的窗戶吹了進來，垂掛在吊燈上的玻璃裝飾品隨風搖擺、互相撞擊後，發出音樂盒歌曲那般清脆的高音。乾燥的風吹乾了珍京被汗浸溼的襯衫，隨風飄揚的旋律夾雜著青草和泥土的氣味。這裡太平靜了。珍京的體內突然有某個東西湧了上來。

「友美正在死去，薩哈公寓現在也快被拆除了。還有，道璟到底在哪裡？」

珍京大聲喊叫撲向那男人，抓住他的衣領。即使珍京勒緊他的脖子，他還是沒有扣下扳機。先前用機關槍瞄準珍京的四個人，連忙持槍哄然靠近，反而是那個男人舉起左手要他們停下。男人的右手仍然握著手槍，他將槍抵在珍京的額頭上，說：

「你好像有什麼……想知道的，如果想聽回答，應該要……先把我放開吧？」

這個男人手裡明明拿著上膛的槍，但他受到威脅時卻沒有開槍。即使脖子被勒緊，快要窒息，而且難以發出聲音，他到最後還是堅持把要講的話講完。珍京覺得他有些可怕，於是鬆開了手。他立刻推開珍京，重新回到一開始直挺挺的站姿。他稍微鬆開領帶並乾咳了一聲，然後對拿著機關槍的那四個人說：

「你們可以撤退了，我會好好勸說後把她送走。」

他們一邊維持瞄準珍京的姿勢，一邊往後退下樓梯。

男人舉高握槍的右手，用槍托用力敲向珍京的額頭，同時又抬起穿著皮鞋的腳，踹向珍京的胸口。他看著抱著肚子倒地的珍京，一字一句清楚地說：

「瘋女人，竟然敢掐我的脖子？你是想死想瘋了嗎？」

他將臉湊過去，問道：

「你一路上沒遇到什麼困難吧？這裡也不是什麼難找的地方，要進來也不難。聽說你還多此一舉，害好幾個人受傷？你應該知道吧，那個女人死了。」

那個女人。在珍京體內承受最大的重量，費力支撐她的某個碎片，啪的一聲彈了出去，珍京隨之嘩啦啦瓦解了，淚水湧了出來。那個女人浮現在淚水中閃爍的幻影裡，她一下子變成友美，一下子變成道璟，一下子又變成珍京自己。

男人依舊將槍口指著珍京的額頭，他往旁邊退了一步，抬抬下巴指向拉門的那一側。

「那裡是會議室。」

蓋住整扇門的深紫色天鵝絨布上，積滿了一層灰濛濛的灰塵，不過，長型的金屬門把卻異常閃亮。或許是經常有人抓握，只有手把中央的部分稍有褪色。珍京只是握緊拳頭，腳卻絲毫沒有動作。她是為了打開那扇門才來這裡的，心裡卻依然猶豫不決。看著猶豫的珍京，男人語帶嘲諷地說：

「我當然知道薩哈公寓，也聽說那裡發生了什麼事。友美？道璟？這些人我不認識。你好奇的話就去看看啊！走過去把門打開啊！」

有一個箱子，將給人帶來不幸的所有事物都封印起來，而有一個女人，在好奇心的驅使下打開了那箱子。從箱子裡迸出了欲望、憎惡、疾病、死亡和一切的災殃。潘朵拉趕緊關上箱子，只有「希望」還留在裡面。這是一個古老且結局顯而易見的故事。珍京深吸一口氣後移動了腳步，地板跟著發出木頭撕裂的嘎吱聲響。一步，一步，又一步。珍京的心臟因為緊張和恐懼而劇烈跳動，她閉上眼睛，雙手握住細長的門把。鐵製的門把非常冰冷。珍京用盡全力把門拉開。

她的眼前一片空。

那裡沒有會議室。

門的外側是建築物的外牆，透過敞開的門，可以看見總理館後面寬闊的庭園景色。巨木的樹葉形成一片綠色波浪，猶如海浪那般翻滾蕩漾，陽光從搖曳的樹葉之間透進來，一閃一閃發光。珍京難以相信呈現在她眼前的是一片懸崖，差點就邁出腳步。

「總理們呢？」

「不存在。」

「那他們現在在哪裡？」

「總理從一開始就不存在。」

珍京衝向男人，再次揪住他的領口，大聲喊叫：

「不要說謊！總理們在哪裡？」

「你看過總理嗎？有實際見過他們嗎？還是在電視上或照片上看過？你聽過他們的聲音嗎？」

珍京收手鬆開他的衣領。男人皺著眉，不耐煩地整理被弄亂的衣服。

「很久沒有人從薩哈公寓過來了，最近那裡的人過得很不錯吧！」

「還有誰來過？」

「去年冬天大概是最後一次了吧。有個短頭髮、皮膚黝黑的男人來過，年紀應該跟你差不多。」

珍京猜不到那是誰。在薩哈公寓裡年紀和珍京相仿的男人，大多數都是短頭髮且皮膚黝黑。珍京的臉蛋發紅，顯得混亂又驚慌，男人面帶微笑看著她並說：

「那個研究員從研究院把資料、樣本全都偷走，後來還闖進這裡。聽說他現在在你們那邊當管理員？研究院現在還在找那些資料。」

老頭，原來是他。在珍京腦中，依序浮現老頭那帶有歲月痕跡的瞳孔，他抓住珍京手臂的強勁力道，以及那看似豁達又有些害怕的冷淡語氣。珍京覺得口渴時，老頭幫她泡的大吉嶺茶的甜味，在她口中散開。祕書長緩緩走向電梯時，對她說：

「你回去後幫我問候他。」

「你叫我回去公寓？」

「你來這裡是為了見總理的，現在你已經知道沒有總理的存在，也知道你如果再做這種沒必要的事，你關心的那些人也無法平安無事，所以當然要回到原位啊！回去做你該做的事，就像大家在做的那樣。」

他按下電梯按鈕，並做手勢要她一起搭乘，珍京看到後呆呆的移動腳步。透過玻璃門可以看見黑色的繩索正在緩緩上升，繩索拉著長得像保溫箱的透明電梯持續往上。玻璃門映照出珍京的身影，但有陽光從正對面的窗戶照射進來，使她的臉龐亮得看不清楚輪廓。友美的臉如幻象一般重疊在她的臉上。慘白臃腫的臉龐、毫無血色的嘴唇、半睜開只看得見眼白的眼睛。

進出那個保溫箱後，我會以什麼模樣重生呢？電梯門雖然已經打開，珍京卻沒有走進去，她轉頭問祕書長：

「你說大家都乖乖回去了？」

祕書長先是點點頭，然後又突然想起什麼似的補了一句：

「啊！有一個女人知道真相後還撲上來，那應該是三十多年前的事了。她說兒子早上照常去上班，後來卻消失不見，所以她才找到這裡來。她突然拿著水果刀砍過來，我反射性拍掉她的手，結果她沒控制好力道，刺到自己眼睛的下方。聽說她後來還從醫院逃走，大概死了吧。不過她也老到快死的年紀了吧。」

珍京的腦中浮現了一個臉孔，接著她突然感到好奇。

「是誰決定要拆除公寓的？」

「這個嘛……其實也不需要總理會議之類的東西，在那之前所有事情都已經決定好了，代言人只是對外報告而已。」

「那麼你到底是誰？」

「祕書長，負責管理總理館，準備總理室代言人的報告，也處理像現在這樣的麻煩事。我沒有任何權限，只不過知道一個非常大的祕密罷了。一個你瞭解後就會發現，大家其實都知道的祕密。」

珍京用手掌拄著牆，靠牆站著，然後冷靜地說：

「那個人沒有死。」

「什麼？」

「我說那個人沒有死，三十年前刺到自己的臉的那個人。雖然她已經很老了，手也抖個不停，但她還活著。她用高級鋼筆寫字，用漂亮的菸盒裝香菸，還總是塗抹顏色漂亮的口紅。那個人也沒有忘記你。」

珍京想起什麼都沒問，就一路將自己送到這裡來的所長奶奶，想起友美還在公寓時，再次回到公寓的老頭。她想起扶養友美和友然的花子奶奶，還想起藏匿道璟的莎拉。她的腦中浮現放火焚燒七芒星旗幟的公務員，還有在數十年前摺紙船並張貼傳單的女人，以及沒有將利亞賣掉的利亞媽媽。在最後，她想起了選擇道璟的秀。

當祕書長為搜尋腦中的記憶而短暫分心時，珍京瞬間撲向他，抓住他握著手槍的右手手腕，然後抱著他倒下，一起在地板上打滾。不知道是誰出手的，手槍接連發射四發子彈。一發打破了玻璃，一發打破了花盆，另外兩發打到牆壁後反彈出去。手槍從男人的手中滑出去，在地上打轉不停。

珍京用力啃咬祕書長的肩膀，撕裂他的皮肉，鮮血很快就染溼上衣。祕書長抱著肩膀痛苦地在地上打滾。手槍在不知不覺中滑到珍京的腳邊，珍京舉起手槍瞄準祕書長。

「你錯了，人們沒有回到原位。還有，我直到最後都會和友美跟道璟一起活下去。」

風吹了進來。矗立在一旁、彷彿在守護總理館的高大銀杏樹，隨著風劇烈搖晃，尚未變黃的綠色銀杏葉也紛紛掉落。有一隻蝴蝶飛過來，打開翅膀停在掉落的葉子上。那是隻亮黃色的蝴蝶。在牠展開的翅膀上，有像瞳孔那樣圓圓的，旋渦狀的黑色紋路。牠頭上的觸角張開呈寬扁貌，越接近尾端，觸角的形狀越尖銳，看起來彷彿在頭上插了兩根小鳥的羽毛。

作者的話

小時候，阿姨家有一隻很大的狗。牠只要看到陌生人就會凶狠地吼叫並衝上前去。被拉直的狗鍊剛好比院子的寬度短一步的距離，所以大家經過院子時，可以沿著邊緣走來避開那隻狗。我即使知道也不敢走進去，光是站在大門外面哭。長大成人後，我也經常思考那條狗鍊絕妙的長度。

如今我思索著那老舊得快斷裂的狗鍊、凹陷的狗碗、凶狠的狗看守的偏僻小巷，以及獨自行走那條巷子的小女孩。當時的女孩已經長大了，不過還有一部分仍舊停留在那個時期。

這本小說是從二〇一二年三月開始創作的。在七年當中，我寫了又改，改了又寫，有許多事物都已然改變。不僅是我，還有圍繞著我，離我又近又遠的世界都是。我還以為這本小說沒辦法收尾，不過當小說終於完成時，我並沒有哭泣。真心感謝一起閱讀並苦惱的朴慧珍編輯。

二〇一九年春天
趙南柱

趙南柱席捲亞洲書市的話題之作

82年生的金智英

趙南柱 [著]　尹嘉玄 [譯]
平裝 **216**頁　定價：**310**元

★韓國銷量破**130**萬冊，同名電影由鄭裕美、孔劉領銜主演
★誠品、博客來、金石堂等各大網路與實體書店暢銷榜
★韓國總統文在寅、「國民**MC**」劉在錫、「**BTS**防彈少年團」團長南俊、「少女時代」秀英、「**Red Velvet**」**Irene**……都在讀！

你們可以對一切都覺得理所當然，
我卻再也沒辦法繼續忍氣吞聲。
可是我只有變成別人，才能為自己說話。
我是金智英，1982年生。

金智英，1982年4月1日生於首爾。

她有著那世代女生的菜市場名，生長於平凡的公務員家庭，大學就讀人文科系，畢業後好不容易找到還算安穩的工作，31歲和大學學長結婚，婚後三年兩人有了女兒。

接著，在眾人「理所當然」的期待下，她辭掉工作當起平凡的家庭主婦……

某天，金智英的講話和行動變得異常起來，與丈夫講話時，用的是自己母親的口吻，或者化身成已經過世的學姊，脫口而出驚人之語；到釜山婆家過節時，又有如自己母親上身般，以「親家母」的身分向婆婆吐露內心的不滿。

最後丈夫決定帶她接受心理諮商，就在與醫師的對話中，她慢慢揭露出自己的人生故事……

薩哈公寓
사하맨션

作　　者　趙南柱
譯　　者　張雅眉
封面設計　朱疋
內文排版　高巧怡
行銷企畫　劉育秀
行銷統籌　駱漢琪
業務發行　邱紹溢
業務統籌　郭其彬
責任編輯　吳佳珍
總 編 輯　李亞南
發 行 人　蘇拾平
出　　版　漫遊者文化事業股份有限公司
地　　址　台北市105松山區復興北路331號4樓
電　　話　（02）27152022
傳　　真　（02）27152021
服務信箱　service@azothbooks.com
營運統籌　大雁文化事業股份有限公司
地　　址　台北市105松山區復興北路333號11樓之4
劃撥帳號　50022001
戶　　名　漫遊者文化事業股份有限公司
初版一刷　2020 年 07 月
定　　價　新台幣340 元

ISBN　978-986-489-394-2

This book is published with the support of the Literature Translation Institute of Korea (LTI Korea).

國家圖書館出版品預行編目(CIP)資料

薩哈公寓 / 趙南柱 著;
張雅眉譯. -- 初版. -- 臺北市 : 漫遊者文化出版 : 大雁文化發行, 2020.07
240面 ; 14.8×21公分
譯自 : 사하맨션
ISBN 978-986-489-394-2(平裝)
862.57　　109008672